Charmed

Charmed

Zauberhafte Schwestern

Begegnung im Nebel

Roman von
Diana G. Gallagher

Aus dem Amerikanischen
von Antje Görnig

vgs

Bibliografische Information Der Deutschen Bibliothek
Die Deutsche Bibliothek verzeichnet diese Publikation in der Deutschen Nationalbibliografie; detaillierte bibliografische Daten sind im Internet über http://dnb.ddb.de abrufbar.

Erstveröffentlichung bei Pocket Books, New York 2003
Titel der amerikanischen Originalausgabe: *Mist And Stone*
von Diana G. Gallagher

Das Buch »Charmed – Zauberhafte Schwestern. Begegnung im Nebel« von Diana G. Gallagher entstand auf der Basis der gleichnamigen Fernsehserie von Spelling Television ausgestrahlt bei ProSieben.

1. Auflage 2003

Lektorat: Christina Deniz
Produktion: Wolfgang Arntz
Umschlaggestaltung: Sens, Köln
Titelfoto: © Spelling Television Inc. 2003
Satz: Kalle Giese, Overath
Druck: Clausen & Bosse, Leck
Printed in Germany
ISBN 3-8025-3217-1

Gewidmet Andrea Haag in Liebe und Dankbarkeit
für ihre Unterstützung und Hilfe
bei der Entstehung dieses Buches.

1

PIPER WARF EIN GROSSES BÜNDEL Knieschoner, Winterhandschuhe, Hüte und einen Fahrradhelm aufs Bett. Sie blies sich eine widerspenstige Haarsträhne aus der Stirn und betrachtete die bunte Mischung aus unbrauchbaren und gut erhaltenen Dingen, die sie aus dem Schrank gefischt hatte. Sie wollte ihn komplett ausräumen und den Inhalt nach drei Kategorien sortieren: Mülltonne, Schrank und Speicher.

In den vergangenen Monaten hatte Piper schon so manches ausrangiert, aber dem Halliwell'schen Aufbewahrungsfimmel *völlig* zu entsagen, war ihr nicht gelungen. Der Großteil ihrer alten Kleider und Erinnerungsstücke lagerte in Kisten auf dem Dachboden, der nach Bedarf immer neue Ecken und Winkel hervorzubringen schien. Stets fand sich noch ein Plätzchen für einen weiteren Schrank, einen Koffer oder eine Kiste. Dennoch besaßen sie und Leo jede Menge Sachen, die in Reichweite aufbewahrt werden mussten, weil sie immer wieder gebraucht wurden. Und daher wollte Leo endlich ein Aufbewahrungssystem mit Körben und zusätzlichen Regalen im Schrank installieren, nachdem sie monatelang versucht hatten, die Besitztümer von zweien auf der für eine Person vorgesehenen Lagerfläche unterzubringen.

»Ich habe bei dem Deal definitiv den Kürzeren gezogen«, murmelte Piper. »Leo darf im Baumarkt einkaufen, und ich betreibe hier Katastrophenmanagement!«

Seufzend besah sie sich das Chaos im Schrank. Kleider waren von den Bügeln gefallen und diverse Schuhe und Boots waren – manche paarweise, manche einzeln – auf dem Boden verstreut. Dicke Staubflocken hafteten an einem Knäuel aus schmutzigen Socken, die seit Monaten verschollen waren. Ein paar Bücher standen gefährlich dicht an der Kante des durchhängenden oberen Regalbretts. Spinnen in allen Größen – von ganz klein bis nicht mehr witzig – flohen von ihren sorgfältig gewebten Netzen und suchten Schutz in den dunklen Ecken.

»Ihr verzieht euch besser!«, schimpfte Piper und wischte sich eine Spinnwebe von der Nase. »Ich habe seit Tagen keinen Dämon mehr vernichtet, und es kribbelt mir schon richtig in den Fingern!«

Eigentlich ist diese Dämonenfunkstille eine nervenaufreibende Sache, dachte sie, als sie eine staubige Schachtel vom Regal holte. Gelegentlich gab es kurze Phasen, in denen den *Zauberhaften*, wie sie und ihre beiden Hexenschwestern genannt wurden, kein böses Unterweltwesen nach dem Leben trachtete. Auf diese Pausen folgte jedoch in der Regel ein gefährlicher Angriff, der eine Bedrohung für ihre Aufgabe oder ihre Existenz oder beides auf einmal darstellte. Ständig um das eigene Leben fürchten zu müssen war der Preis, den diejenigen zu zahlen hatten, deren Bestimmung es war, die Welt von allen übernatürlichen Übeln zu befreien.

Wie zur Bekräftigung dieser Tatsache kippte in diesem Augenblick oben im Schrank eine Dose mit Tennisbällen um. Drei der Filzkugeln rollten heraus und trafen Piper am Kopf, bevor sie ihre Schachtel aus der Hand legen und die Bälle erstarren lassen konnte. Sie gehörten Phoebe, die in der High School ein Semester lang Tennis gespielt hatte, weil ihr für das Zeugnis noch eine freiwillige sportliche Aktivität fehlte.

Piper stellte die kleine Schachtel aufs Bett, sammelte die Bälle auf und steckte sie wieder in die Dose. Sie erwog, die Dinger im Schrank von Cole und Phoebe unterzubringen, aber die beiden hatten leider ebenso wenig Platz für unnötigen Kram wie sie und Leo. Also legte sie den Behälter erst einmal zur Seite und öffnete neugierig die verstaubte Schachtel.

»Da habt ihr also die ganze Zeit gesteckt!« Grinsend holte Piper ein Bündel Spiralblöcke heraus sowie einen Packen alte Geburtstagskarten, einen Valentinsteddy, einen aufblasbaren Gummiblumenstrauß und andere Andenken, an die sie schon seit Jahren nicht mehr gedacht hatte. Die Notizblöcke waren voll mit Rezepten, die sie als Jugendliche aus Zeitungen, Magazinen und Kochsendungen zusammengetragen hatte. Piper hatte sie verloren geglaubt, nachdem sie einige Jahre zuvor das ganze Haus nach ihnen abgesucht hatte.

»In meinem Schrank habe ich damals offenbar nicht nachgesehen«, murmelte sie, ausgerechnet da, wo ich sie auf Anhieb gefunden hätte!«

Als sie nach den Blöcken griff, wurde sie durch ein Geräusch aufgeschreckt. Sie wirbelte sofort um die eigene Achse und streckte die Hände aus, um den vermeintlichen Feind erstarren zu lassen. Doch anstatt einen hinterhältigen Dämon bewegungsunfähig zu machen, jagte sie nur eine Kiste mit Taschenbüchern von Leo in die Luft.

Sie zuckte zusammen, als im hohen Bogen Buchseiten, bunte Umschlagteile und braunes Pappkonfetti auf die Kleider herabregneten, die noch im Schrank hingen. Ein paar Papierfetzen verirrten sich sogar in die Schuhe und Stiefel, die auf dem Boden lagen.

Anfangs, als ihre magischen Kräfte an den Tag gekommen waren, war es Piper nur möglich gewesen, Dinge durch die Verlangsamung der Moleküle erstarren zu lassen. Diese Fähigkeit hatte sich jedoch weiterentwickelt, und nun beherrschte sie die Molekularbeschleunigung, wodurch das betreffende Objekt in die Luft gesprengt wurde. Nach einer gefahrvollen Gewöhnungsphase hatte Piper schließlich gelernt, die destruktive Kraft unter Kontrolle zu bekommen – außer in Extremsituationen.

Zum Beispiel wenn sie nervös und angespannt war, weil sich schon eine Weile niemand aus der Dämonenwelt hatte blicken lassen – was, so wusste sie aus Erfahrung, mit Sicherheit nichts Gutes bedeutete.

Aber da es in diesem Augenblick nichts Böses zu bekämpfen gab, musste sie sich umgehend um das Desaster mit Leos zerfetzten Büchern kümmern. Sie konnte sich zwar nicht an jeden einzelnen Titel erinnern, den er erworben hatte, seit sie sich kannten, aber die meisten Exemplare würde sie ihm ersetzen können.

Mit einem Stoßseufzer der Verzweiflung ging Piper los, um Handfeger und Kehrblech zu holen. Zum Glück war niemand zu Hause! Paige Matthews, Halbschwester, *Halbwächterin des Lichts* und die jüngste der Halliwell-Hexen, arbeitete beim *South-Bay-Sozialdienst.* Cole Turner, Ex-Dämon und ihr zukünftiger Schwager, wohnte in letzter Zeit gewissermaßen in der Jura-Abteilung der Universitätsbibliothek.

Mit etwas Glück konnte Piper also die Beweise für den Amoklauf ihrer Kräfte vernichten, bevor Leo vom Baumarkt und Phoebe von ihrem Vorstellungsgespräch bei einer Zeitarbeitsfirma zurückkehrte. Sie hatte wirklich keine Lust, jemandem ihren peinlichen Mangel an Selbstbeherrschung zu erklären.

Phoebe saß Donald Ramsey, der sich ihre Bewerbungsunterlagen ansah, an dessen Schreibtisch gegenüber.

Mit seinen dreißig Jahren, dem kurzen dunklen Haar, den braunen Augen und seinem klassischen Profil war ihr Gesprächspartner bei *Reliable Temps* der attraktivste Personalbeauftragte, der ihr bei der monatelangen Jobsuche untergekommen war. Leider war sein überdurchschnittlich gutes Aussehen jedoch das Einzige, das ihn von den anderen unflexiblen Menschen unterschied, die Phoebe nicht eingestellt hatten.

»Ich habe zwar noch nicht viel Erfahrung, aber ich lerne sehr schnell«, sagte sie lächelnd.

»Aber für Ihren Abschluss haben Sie länger gebraucht als andere, nicht wahr?« Mr. Ramsey sah sie nicht einmal an, während er die Bewerbungsmappe bis zu ihrem Lebenslauf durchblätterte.

»Ja, das habe ich.« Phoebe beschloss, nicht näher darauf einzugehen. Sie hatte in ihrer jugendlichen Rebellionsphase ein paar Semester geschludert und dann, als sie New York verlassen hatte und nach San Francisco zurückgekehrt war, die Schule unterbrochen, um sich mit ihrer neuen Aufgabe als Hexe vertraut zu machen. Das musste Mr. Ramsey nicht unbedingt wissen.

»Und Sie waren noch nie fest angestellt.« Mr. Ramsey musterte sie eingehend. Phoebe fand, dass derart dichte, sanft geschwungene Wimpern bei einem kleinkarierten Menschen wie ihm reine Verschwendung waren.

»Nein, aber ich habe in meiner Schulzeit viele unterschiedliche Jobs gehabt«, erklärte Phoebe. »Macht mich das nicht zur Idealbesetzung für befristete Beschäftigungsverhältnisse?«

Mr. Ramsey stieß einen überflüssigen Seufzer aus. »Nicht, wenn Sie auf flexible Arbeitszeiten bestehen, wie Ihrer Bewerbung zu entnehmen ist.«

»Davon werde ich ja nicht ständig Gebrauch machen«, wandte Phoebe ein und versuchte zu verbergen, wie sehr ihr Mr. Ramseys verächtlicher Tonfall missfiel. Am liebsten hätte sie ihn mit einer kräftigen Akne und Geheimratsecken versehen, aber so etwas war guten Hexen nicht gestattet – jedenfalls nicht ohne nachfolgende unangenehme Konsequenzen. »Nur ab und zu mal.«

Phoebe war überzeugt, ihre Tüchtigkeit und Zuverlässigkeit unter Beweis stellen zu können, wenn ihr nur jemand eine Chance dazu gab. Vielleicht spielte dann ihr Wunsch nach Gleitzeit gar keine Rolle mehr. Sie hatte sogar schon überlegt, in ihrer Bewerbung zu lügen, um einen Job zu ergattern, aber zu so einer Unehrlichkeit war sie einfach nicht fähig.

»Ich suche Leute, die ihre Aufgabe ernst nehmen.« Mr. Ramsey legte ihre Bewerbung zur Seite und faltete die Hände. »Unsere Kunden erwarten von uns zuverlässige Mitarbeiter, die jeden Tag pünktlich zur Arbeit erscheinen.«

»Das ist doch selbstverständlich«, entgegnete Phoebe.

»Ich will mich gewiss nicht querstellen, Ms. Halliwell, aber ...« Mr. Ramsey beugte sich vor. »Können Sie ehrlich von sich behaupten, dass sie sich auch bei Jobs daran halten werden, die auf mehrere Monate angelegt sind?«

So etwas konnte zwar niemand versprechen, aber im Gegensatz zu anderen Arbeitnehmern war Phoebe auf mehr als einen gelegentlichen Kranken- oder Urlaubstag angewiesen. Als eine der *Zauberhaften* musste sie von jetzt auf gleich alles stehen und liegen lassen, wenn ein Unschuldiger vom Bösen bedroht wurde. Daher hatte sie geglaubt, die Anstellung bei einer Zeitarbeitsfirma sei die perfekte Lösung für sie, um aus der Arbeitslosigkeit herauszufinden. Ganz offensichtlich hatte sie sich gründlich geirrt.

»Nein, Mr. Ramsey, das kann ich nicht.« Phoebe erhob sich und reichte ihm die Hand. Die Überheblichkeit des Mannes ging ihr zwar auf die Nerven, aber eigentlich machte er nur seinen Job. Aus Gründen der Fairness konnte sie ihm nicht versprechen, mit hundertprozentiger Verlässlichkeit für *Reliable Temps* zu arbeiten. »Vielen Dank für das Gespräch.«

»Keine Ursache.« Mr. Ramsey stand ebenfalls auf und schüttelte ihr die Hand. »Ich, ähm, ich behalte Ihre Bewerbung in der Kartei, falls wir doch noch etwas Passendes für Sie hereinbekommen.«

»Das ist sehr freundlich.« Gemessenen Schrittes verließ Phoebe das Büro. Sie bezweifelte ernstlich, dass studierte Psychologen ohne Berufserfahrung bei Zeitarbeitsfirmen besonders gefragt waren. Ein Grund mehr, sich immer über die aktuellsten Trends und Theorien in ihrer Branche auf dem Laufenden zu halten. Seit ihrem Abschluss war Phoebe mit psychologischen Fachzeitschriften und wichtigen Büchern auf dem Laufenden geblieben, um jederzeit gerüstet zu sein, falls sich eine berufliche Chance für sie ergab.

Nichts ist unmöglich, dachte Phoebe ironisch, als sie in ihr Auto stieg. Sie schaltete ihr Handy wieder ein und rief ihre Halbschwester auf der Arbeit an. »Hallo Paige, hast du vielleicht 'ne Minute Zeit?«

»Ja, aber mach's kurz.« Paige klang gestresst. »Die Polizei ist mit einem Jugendlichen unterwegs hierher – ein ganz schwerer Fall, und ich bin für ihn zuständig. Ähm, wie war das Vorstellungsgespräch?«

»Ein Reinfall, wie immer«, antwortete Phoebe. »Aber dabei ist mir das Buch eingefallen, das du neulich erwähnt hast. Das über Beziehungen im einundzwanzigsten Jahrhundert.«

»›Konflikt zwischen Kopf und Bauch‹?« Paige zögerte. »Das Gespräch war unangenehm, hm?«

»Sagen wir mal, es hat mich daran erinnert, dass ich mit meinem Psychologie-Diplom gern etwas anderes anfangen würde, als damit einen Fleck auf der Tapete zu verdecken«, erklärte Phoebe. »Kann ich kurz vorbeikommen und mir das Buch abholen? Aber nur, wenn es dir passt.«

Paiges Chef Mr. Cowan war unglaublich tolerant, was die unregelmäßigen Arbeitszeiten seiner Assistentin betraf. Eine inoffizielle Sonderregelung ermöglichte es ihr, arbeiten zu können, ohne ihre Pflichten als eine der *Zauberhaften* zu vernachlässigen. Dennoch wollte Paige die Großzügigkeit ihres Vorgesetzten auf keinen Fall überstrapazieren. Da Leos Tätigkeit als *Wächter des Lichts* ein hundertprozentiger Non-Profit-Job war, waren Paige und Piper die einzigen Bewohner von Halliwell Manor, die Geld verdienten. Cole bewarb sich zwar bei Anwaltskanzleien in der ganzen Stadt, aber bislang hatte auch er noch keine Stelle gefunden.

»Es liegt hier auf meinem Schreibtisch«, sagte Paige. »Ich glaube, ich kann ein paar Sekunden erübrigen, um es dir zu geben.«

»Großartig! Ich bin in ungefähr zwanzig Minuten da – je nach Verkehrslage.« Phoebe beendete das Gespräch und schob das Handy zurück in die Halterung, die Leo kürzlich am Armaturenbrett angebracht hatte.

Als sie vom Parkplatz fuhr, dachte sie daran, Cole anzurufen und sich mit ihm zum Lunch zu verabreden. Sie musste noch ein paar Psychologiebücher abholen, die sie im Buchladen bestellt hatte, aber sonst hatte sie nichts Dringendes zu erledigen und auch keine Termine. Mit der Liebe ihres

Lebens zu Mittag zu essen, erschien ihr als die richtige Medizin gegen schlechte Laune wegen eines weiteren vermasselten Bewerbungsgesprächs. Aber da Cole höchstwahrscheinlich zusagen würde, beschloss sie, ihn nicht in Versuchung zu führen.

Wir werden noch sehr oft gemütlich zusammen lunchen, wenn Cole erst bei einer renommierten Anwaltskanzlei arbeitet, dachte Phoebe, als sie auf die Autobahnauffahrt fuhr. Bis dahin sollte er seine Zeit lieber darauf verwenden, in der Universitätsbibliothek seine Kenntnisse in aktuellem Strafrecht aufzufrischen, statt das angekratzte Ego seiner zukünftigen Gattin aufzupolieren.

Ich werde mich wohl mit einem Mokka-Sahne-Cappuccino in dem neuen Café im Einkaufszentrum trösten müssen, überlegte Phoebe und seufzte wehmütig.

»Ich hab sie vor mir auf dem Tisch.« Paige klemmte sich das Telefon zwischen Kinn und Schulter und schlug Todd Cormans Akte auf. Vor wenigen Minuten hatte sie ihrem Gesprächspartner Ray Marino sämtliche Unterlagen zugefaxt.

Als sie sich noch einmal Todds Vorstrafenregister ansah, konnte sie gut nachvollziehen, warum der Leiter von *Bay Haven* nicht besonders erpicht darauf war, den Jungen aufzunehmen.

Todd war seit dem Tod seiner Mutter vor fünf Jahren immer wieder mit dem Gesetz in Konflikt geraten. Er war zwar erst zwölf, aber sein Straftatenregister reichte bereits von Ruhestörung über Zerstörung von öffentlichem Eigentum bis hin zu tätlichen Angriffen auf mehrere Pflegeeltern. Tatsächlich hatte keine der Vormundschaftsfamilien Todd länger als acht Monate ertragen. Wenn es nun der Jugendfürsorge nicht gelang, den Jungen auf die richtige Bahn zu bringen, hatte er gute Aussichten, mit dem Jahr seiner Volljährigkeit ein Strafregister von der Dicke eines russischen Romans vorlegen zu können.

»Dieser Junge legt es geradezu darauf an, sich immer wieder Ärger einzuhandeln, Paige«, sagte Ray.

»Deshalb hab ich Sie ja angerufen. Ich dachte, *Bay Haven* sei ein Heim für straffällig gewordene Jungen«, entgegnete Paige bissig.

Ray seufzte. »Ich habe gerade drei Kids hier, die endlich anfangen, sich in die richtige Richtung zu entwickeln. Es ist ein denkbar ungünstiger Zeitpunkt für einen neuen Störfaktor.«

Paige blickte von der Akte hinüber zu dem mürrischen Jungen, der auf der anderen Seite des Mittelganges in Scotts Büroecke saß. Die Sommersprossen auf Nase und Wangen wirkten lustig, aber seine Miene war wie versteinert, der Mund ein dünner gerader Strich. Das brünette widerspenstige Haar musste dringend geschnitten werden, aber die bösen Blicke, die er aus seinen zusammengekniffenen braunen Augen in die Runde warf, waren eine unausgesprochene Warnung an jeden, der es wagen sollte, ihn auch nur anzusprechen. Mit seiner aufsässigen, feindseligen Haltung war Todd ein gutes Beispiel dafür, warum Paige sich für einen sozialen Beruf entschieden hatte. Sie wollte Menschen helfen – besonders denjenigen, die als aussichtslose Fälle galten.

Und dies tat sie nicht nur im Rahmen ihrer Tätigkeit beim *South-Bay-Sozialdienst.* Es war ihr zwar anfangs schwer gefallen, ihre magischen Fähigkeiten zu akzeptieren, gegen die Aufgabe jedoch, die Unschuldigen vor bösen Kreaturen zu beschützen, hatte sie nie etwas einzuwenden gehabt.

Todd hatte die Arme vor der Brust verschränkt und starrte Paige zornig an, als er merkte, dass sie ihn beobachtete. Er trat mehrmals gegen den Schreibtisch, wie um eine Konfrontation zu provozieren.

»Das reicht, Todd!«, bellte Scott und zog den Jungen mitsamt Stuhl vom Schreibtisch weg.

Paige wandte sich ab und senkte die Stimme. »Sehen Sie sich die Akte doch bitte noch mal an, Ray. Wenn Sie ihn nicht nehmen, muss er ins Jugendgefängnis.«

»Ins Jugendgefängnis?« Ray zögerte und seufzte erneut. »Dann ist er wirklich so unbelehrbar wie in seiner Akte zu lesen ist?«

»Ich bin nicht sicher«, antwortete Paige ausweichend. Sie war einfach noch nicht in der Lage, ein endgültiges Urteil abzugeben.

Die Polizei hatte Todd wenige Stunden, nachdem John und Lucy Grissom gemeldet hatten, dass er wieder weggelaufen war, in der Innenstadt aufgegriffen. Als er von den Beamten beim *South-Bay-Sozialdienst* abgeliefert worden war, hatte Paige gedacht, sie könne ihn zusammen mit einem Stapel Sportzeitschriften in der Aufnahme allein lassen. Doch schon bei der ersten Gelegenheit hatte er erneut versucht abzuhauen. Scott war daraufhin bereit gewesen, ein Auge auf ihn zu haben, während Paige die Sache mit Ray klärte.

»In den Unterlagen steht, er sei ein hoffnungsloser Fall«, stellte Ray fest. »Außer Ihnen glaubt niemand, dass er jemals genug Energie aufbringen wird, sein Leben zu ändern.«

Das ist vermutlich wahr, dachte Paige. Da Todd an diesem Morgen einen neuen Vermerk in seiner Akte erhalten hatte, standen ihr nur noch erheblich beschränkte Vermittlungsmöglichkeiten zur Verfügung. Dennoch war sie nicht bereit, ihn als hoffnungslosen Fall abzuschreiben. *Bay Haven*, eine aus privater Hand finanzierte Einrichtung, die sich speziell um Jugendliche kümmerte, die rettungslos verloren schienen, war Todds einzige und letzte Chance. Nicht zuletzt, weil für die Aufnahme in dem Heim für schwer erziehbare Jungen nicht Berge von Formularen ausgefüllt werden mussten und das Aufnahmeverfahren dementsprechend zügig über die Bühne ging. Paige musste Ray Marino, der die Befugnis hatte, ohne Rücksprache mit dem Vorstand Entscheidungen treffen zu können, nur noch etwas gezielter bearbeiten.

»Erwarten die Förderer des Heims denn nicht von Ihnen, dass Sie sich einer Herausforderung stellen, Ray?« Paige hatte den Fehdehandschuh geworfen und drückte sich im Stillen die Daumen.

Sie wusste, *Bay Haven* war auf die Großzügigkeit der Reichen von San Francisco angewiesen, um existieren zu können. Wenn diese Gönner den Eindruck bekamen, das Heim halte nicht das, was es versprach, beschlossen sie womöglich sehr schnell, eine der zahlreichen anderen gemeinnützigen Einrichtungen zu unterstützen, um Steuern zu sparen.

»Okay, okay!« Ray lachte. »Ich ergebe mich.«

»Ist das ein Ja?« Paige lauschte gebannt in den Hörer.

»Positiv«, bestätigte Ray. »Ich muss nur noch ein paar Leute informieren und das Verlegungsverfahren in die Wege leiten. Können Sie ihn noch ein paar Stunden beaufsichtigen und erst heute Nachmittag zu uns rausbringen?«

»Das schaffe ich.« Paige entspannte sich. »Vielen Dank, Ray! Wir sehen uns dann später!«

»Ich freue mich darauf«, entgegnete der Heimleiter.

Mit einem Stoßseufzer der Erleichterung ließ Paige das Telefon in die Ladestation fallen. Sie hatte Ray noch nicht persönlich kennen gelernt, aber wie man hörte, wohnte der Leiter selbst im Heim und kümmerte sich mit großem Engagement um die Jungen, die sich in seiner Obhut befanden. Obwohl er anfänglich gezögert hatte, nahm Paige an, dass er Freude an der Herausforderung hatte, aus widerspenstigen Rabauken ordentliche Bürger zu machen.

Erleichtert ging sie zu Scott hinüber, um Todd abzuholen.

»Wie ist es mit *Bay Haven* gelaufen?«, fragte Scott sie sofort.

»Todd ist drin!«, verkündete Paige lächelnd. Ihre gute Laune trübte sich ein wenig, als sie Todds finsteren Blick bemerkte, aber sie ließ sich nichts anmerken. »Wir werden heute Nachmittag nach *Bay Haven* fahren, Todd. Wenn ich die Papiere ...«

»Ich geh da nicht hin«, stellte Todd mit gepresster Stimme fest.

Die undankbare Haltung des Jungen war für Paige keine Überraschung. Er leistete Widerstand gegen jeden, der versuchte, ihm zu helfen. Wie in seinem psychologischen Profil erklärt wurde, reagierte er seine Frustrationen immer an seinem direkten Umfeld ab, und genau das tat er auch in diesem Augenblick.

»Zwingen können Sie mich nicht!« Todd stand auf, fegte fünf Ordner von Scotts Schreibtisch und flitzte an Paige vorbei.

Das glaubst du, mein Freund!, dachte Paige wütend. Den Bedürftigen zu helfen mochte zwar ihre Bestimmung sein, aber Todd Corman war drauf und dran, ihr ihren beruflichen Idealismus und ihre Überzeugung kaputtzumachen.

Phoebe hatte schon immer gute Reflexe gehabt, aber durch das regelmäßige Training mit Cole waren sie noch besser geworden. Als ein Junge aus dem Büro direkt auf sie zugerast kam, reagierte sie ohne jede bewusste Überlegung und ohne Zögern.

»Hey du!« Phoebe stellte sich dem Flüchtenden in den Weg und hielt ihn an den Armen fest, als Paige auch schon um die Ecke kam und ihn am T-Shirt packte. In diesem Augenblick kam eine Vision über Phoebe.

Zwei Männer standen sich umgeben von Nebelschwaden in der Dämmerung gegenüber. Hinter dem größeren von beiden erhob sich eine hohe Mauer. Sein Gesicht war nicht zu erkennen, aber seine schwarze Kleidung wies ihn als eines der Unterweltwesen aus, die es als ihre Bestimmung ansahen, *Wächter des Lichts* zu töten.

Ein *Wächter der Finsternis*!, dachte Phoebe entsetzt. Nun veränderte sich das Bild, das sie sah, und ein zweiter Mann tauchte auf. Sie rang nach Luft, als die Bilder so plötzlich verschwanden, wie sie gekommen waren.

»Nicht so eilig, Todd!«, sagte Paige streng zu dem sich heftig wehrenden Jungen. Sie hatte Phoebes kurzen Aussetzer gar nicht mitbekommen und sah sie grinsend an. »Großartiges Timing, Phoebe! Danke.«

Phoebe nickte nur benommen.

Der *Wächter der Finsternis* in ihrer Vision hatte Leo bedroht.

2

Piper schnitt ein Stück Schrankpapier zurecht und legte damit das Regalbrett in der Küchenanrichte aus. Passt perfekt!, dachte sie und lächelte zufrieden. Sie hatte die Regale schon seit Wochen in Ordnung bringen wollen, aber bis zu der gerade eingetretenen Ruhepause waren alle damit ausgelastet gewesen, das Haus sauber zu halten und die von Dämonen angerichteten Schäden zu reparieren.

Sie summte den Hit mit, der im Radio gespielt wurde, und stellte Schüsseln und Teller wieder zurück auf das Regal. Wenn sie nervös war, halfen ihr Hausarbeit und schwungvolle Musik für gewöhnlich, sich zu beruhigen. Aber an diesem Tag funktionierte der Trick irgendwie nicht.

Wenige Minuten nachdem Piper die Überreste der Taschenbücher weggefegt und den Schrank geleert hatte, war Leo vom Baumarkt zurückgekehrt. Da ihr handwerklich begabter Gatte keine Hilfe beim Einbau des Aufbewahrungssystems benötigte, hatte sie sich woanders nützlich gemacht. Mittlerweile war das Haus blitzsauber, die Wäsche erledigt und sogar die Küchenregale waren mit frischem Papier ausgelegt. Und da weit und breit kein Dämon in Sicht war, hatte sie plötzlich nichts mehr zu tun.

Piper schloss die Tür der Anrichte und stellte das Radio ab, als der Song zu Ende war, denn das atemlose Geplapper des Moderators ging ihr auf die Nerven. Doch tatenlos in der Küche herumzustehen half ihr nicht wirklich, die ungute Vorahnung bevorstehenden Unheils abzuschütteln.

Im Zweifelsfall hilft nur Essen machen, dachte Piper und nahm ein halbes Ciabatta aus der Tüte, das vom Dinner am Vortag übrig geblieben war. Nachdem sie es großzügig mit Knoblauchbutter bestrichen hatte, legte sie es in eine flache Auflaufform, die sie in den Backofen stellte. Kurz aufgebacken wurde aus dem alten Brot eine leckere Beilage für den gemischten Salat, den sie schon vorbereitet hatte. Als sie die Schüssel aus dem Kühlschrank holen wollte, krachte es plötzlich hinter ihr.

Sofort fuhr sie herum und streckte die Hände aus.

»Ich bin's nur!«, rief Leo.

»Leo!« Piper ballte die Hände zu Fäusten und ließ sie sinken. Ihr Blick fiel auf Leos Werkzeuggürtel, der auf dem Boden lag.

»Sorry, der ist mir aus der Hand gerutscht.« Leo hob ihn auf und legte ihn auf den Tisch. »Du machst einen reichlich nervösen Eindruck. Ist mir vielleicht irgendetwas entgangen?«

Piper atmete geräuschvoll aus und schüttelte den Kopf. »Nein, abgesehen von meinen Anschlägen auf diverse Gegenstände im Haus ist alles in Ordnung. Und das ist das Problem. Es passiert überhaupt nichts Schlimmes, und trotzdem bin ich mit den Nerven am Ende.«

»Das Unheimliche an der Sache ist, dass ich es nachvollziehen kann.« Leo setzte sich auf einen Küchenstuhl. »Du hast das Gefühl, es herrsche die Ruhe vor dem großen Sturm.«

»Ganz genau!« Pipers Miene hellte sich auf. »Seit dieser Unterweltvirus unserem Fernseher den Garaus gemacht hat, ist eine Woche vergangen – und dass wir es mit irgendeiner tödlichen Gefahr zu tun hatten, ist noch viel länger her.«

»Von deinen gefährlichen Händen mal abgesehen«, neckte Leo sie und hob mit einer übertriebenen Geste die Arme, um Piper nachzumachen. »Wie viele Haushaltsgegenstände hast du denn heute schon zerstört?«

»Reite ruhig darauf herum, wenn du glaubst, du kannst es dir erlauben«, gab Piper zurück und stellte die Salatschüssel und einen kleinen Krug mit selbst gemachtem italienischen Dressing auf den Tisch. Sie nahm sich einen Topflappen und holte die heiße Form mit dem Brot aus dem Backofen. »Aber mal Spaß beiseite ...«

»Was ist?«, fragte Leo sofort. Er schob eine Gabel voll Salat und Käse in den Mund und nickte beim Kauen anerkennend.

»Ich hab wirklich ein schlechtes Gefühl.« Piper schnitt das Brot in Scheiben, die sie in ein mit einer Leinenserviette ausgelegtes Körbchen schichtete. Sie trug es zusammen mit ihrem Salatteller an den Tisch, setzte sich aber nicht hin.

Leo nahm sich eine Scheibe Brot. »Ganz allgemein oder aus einem bestimmten Grund?«

Piper holte zwei Mineralwasserflaschen aus dem Kühlschrank, kehrte an den Tisch zurück und ließ sich auf einen Stuhl fallen. Eine Flasche reichte sie Leo. »Es ist, als warte irgendetwas nur auf den richtigen Augenblick, um uns anzugreifen – und was immer das ist ... es ist total schrecklich.«

»Das passt so ziemlich auf alles, was je die *Zauberhaften* angegriffen hat«. bemerkte Leo.

»Dadurch ist die Vorahnung des nächsten Desasters aber nicht leichter zu ertragen.« Piper stocherte lustlos in ihrem Salat.

»Ich weiß.« Plötzlich wurde Leo ganz ernst. »Aber wir haben nicht oft Gelegenheit, einfach mal zu Hause zu sein und ganz normale Dinge zu tun, ohne irgendeine tödliche Gefahr am Hals zu haben.«

»Und ich habe alles verdorben, indem ich dich daran erinnert habe, wie vergänglich jede scheinbare Normalität ist.« Piper sank in sich zusammen.

»*Alles* ist vergänglich«, sagte Leo. »Also genießen wir am besten jede normale Minute nach Leibeskräften und hoffen, du vernichtest keinen von den Guten, während wir auf einen Angriff der Bösen warten.«

Piper stutzte und brauchte eine Weile, bis sie merkte, dass Leo nur scherzte.

Er fing an zu lachen und ging in Deckung, als Piper ihn auf den Arm boxen wollte.

»Hab schon verstanden«, sagte sie lächelnd. Natürlich hatte Leo Recht. Es war dumm, kostbare dämonenfreie Minuten damit zu verschwenden, sich um den nächsten unausweichlichen Angriff Sorgen zu machen. »Wie lange brauchst du denn noch für den Schrank?«

»Vielleicht noch eine Stunde.« Leo nahm sich noch ein Stück Brot und neigte dann den Kopf. »Warum?«

»Nun, ich dachte, ich könnte heute Nachmittag mit meinem Hochleistungsgarten anfangen.« Piper legte einen Notizblock auf den Tisch.

Leo betrachtet kauend den Plan, den seine Frau angefertigt hatte. »Glaubst du wirklich, es ist möglich, so viele verschiedene Gemüsesorten auf einer so kleinen Fläche anzupflanzen?«

»Ja, deshalb nennt man es ja Hochleistungsgarten«, entgegnete Piper. »Dieser Anbauplan für Gemüse und Kräuter wurde speziell für kleine Flächen entwickelt. Ich habe einen Artikel darüber in einer der alten Zeitschriften gefunden, die Grams auf dem Speicher aufbewahrte.«

Leo nickte. »Na ja, du brauchst wirklich viele Kräuter für Talismane und Zaubertränke.«

»Von den unzähligen Töpfen mal ganz abgesehen«, ergänzte Piper. »Aber was ich jetzt brauche, ist Hilfe beim Umgraben.«

Leo sah sie skeptisch an. »Sind Phoebe und Paige denn damit einverstanden?«

»Ich habe sie letztlich doch überzeugen können.«

Die Hälfte des kleinen Gartens war mit Blumen und Ziersträuchern bepflanzt. Die verbleibende Grünfläche war kaum groß genug für Gartenstühle und einen Tisch. Keine der Halliwell-Hexen verbrachte viel Zeit beim Sonnenbaden, aber es war schön zu wissen, dass man nach draußen konnte, wenn man Lust dazu hatte. Dennoch zählte der Anbau von Gemüse *und* Zauberzutaten nun einmal zu den ursprünglichen Aufgaben einer Hexe.

»Dann musst du mir zeigen, wo ich graben soll.« Als Leo zu dem dritten Stück Knoblauchbrot griff, bemerkte er Pipers tadelnden Blick. »Hey, das darf man doch nicht verkommen lassen!«

»Hm-hm.« Piper zog eine Augenbraue hoch. Leo hatte zwar kein Gramm Fett zu viel an seinem schlanken Körper, aber sie konnte der Gelegenheit nicht widerstehen, sich für seine Bemerkung über ihre gefährlichen Hände zu revanchieren. »Vielleicht sollten wir die Anbaufläche vergrößern, damit *du* nicht zu einem Dickerchen verkommst!«

Leos Hand erstarrte über dem Brotkorb. »Hab ich etwa zugenommen?«

»Und es war ganz sicher Leo, den du gesehen hast, Phoebe?«, fragte Paige mit einem raschen Seitenblick in Todds Richtung.

Nachdem Phoebe seine Fluchtpläne vereitelt hatte, musste der Junge in Paiges Büroecke sitzen und warten.

Nun steckten die beiden Schwestern an Scotts Schreibtisch die Köpfe zusammen. Scott war in den Kopierraum gegangen, und sie flüsterten, damit Todd nicht mithören konnte. Das Gespräch über Phoebes Vision duldete keinen Aufschub, aber gleichzeitig durften sie den Jungen nicht aus den Augen lassen.

Besonders, da nun klar war, dass er irgendwie mit einem *Wächter der Finsternis* in Verbindung stand, der eine Bedrohung für Leo darstellte. Paige lief es kalt über den Rücken.

»Ich bin mir sicher.« Phoebe blickte so verzweifelt drein, wie Paige sich fühlte. »Wenigstens war sein Leben nicht bedroht ... noch nicht.«

»Das ist immerhin etwas.« Paige rieb sich die Arme, um ihre Anspannung zu vertreiben. »Und wie passt Todd in diese Geschichte?«

»Ich weiß es nicht.« Phoebe zuckte mit den Schultern und sah zu dem Jungen hinüber.

Paige folgte dem besorgten Blick ihrer Schwester. Todd saß da und starrte unbeteiligt auf den Boden, als wäre ihm nichts so egal wie das, was die beiden Frauen zu besprechen hatten.

»Warum ist er hier bei euch gelandet, Paige?«, fragte Phoebe und wandte sich wieder ihrer Schwester zu.

»Er ist Vollwaise und ein notorischer Ausreißer mit einem Strafregister, das für sein Alter viel zu lang ist«, erklärte Paige.

»Dann haben wir es aller Wahrscheinlichkeit nach wohl nicht mit einem zukünftigen *Wächter des Lichts* zu tun«, stellte Phoebe fest.

Die Idee war so absurd, dass Paige laut gelacht hätte, wäre die Vision ihrer Schwester nicht so furchtbar gewesen.

Wächter der Finsternis schossen mit der Armbrust Giftpfeile ab, die für Leo und seinesgleichen tödlich waren. Diese finsteren Gestalten machten Jagd auf *Wächter des Lichts* und auf die Menschen, die wahrhaft selbstlos lebten und nach ihrem Tod *Wächter des Lichts* wurden. Angesichts von Todds turbulentem Werdegang konnte man davon ausgehen, dass er kein geeigneter Kandidat für eine Position eines Schutzengels war.

»Die Chancen stehen eins zu einer Million«, meinte Paige. »Im Moment sind Ray Marino von *Bay Haven* und ich wohl die Einzigen, die Todd noch vor einer Verbrecherkarriere bewahren können.«

Phoebe runzelte verwirrt die Stirn.

»Was ist?«, fragte Paige.

»Wenn Todd nicht das Zeug zum *Wächter des Lichts* hat«, sagte Phoebe leise, »dann müsste ihn Leo nicht vor dem *Wächter der Finsternis* beschützen. Also wird er Todd vor etwas anderem retten müssen.«

»Und der *Wächter der Finsternis* ist nur zufällig in diesem Augenblick hinter Leo her?« Paige runzelte die Stirn. »Das klingt mir ein bisschen zu einfach.«

»Mag sein.« Phoebe seufzte. »Vielleicht ist Todd ja nur ein zufälliger Zeuge und steht nicht mit der Gefahr in Verbindung, wegen der Leo auf den Plan gerufen wird.«

Ein *Wächter der Finsternis* zum Beispiel, der noch ein paar Kerben mehr in seine Armbrust ritzen will?, fragte sich Paige.

»Aber Todd hat die Vision verursacht«, fuhr Phoebe fort und dachte laut nach. »Ob er nun direkt damit zu tun hat oder nicht, er wird auf jeden Fall dabei sein, wenn der *Wächter der Finsternis* Leo angreift.«

»Und wenn *ich* diejenige bin, um die es geht?«, fragte Paige. Nachdem sie zur Hälfte eine *Wächterin des Lichts* war, stand auch sie auf der Abschussliste der *Wächter der Finsternis*, und sie würde viel Zeit mit Todd verbringen, während er sich in *Bay Haven* eingewöhnte. »Vielleicht ist Leo ja da, um mich zu beschützen? Das ist sein Job.«

»Möglich«, entgegnete Phoebe, »aber ich habe dich nicht gesehen.«

Das muss ja nicht heißen, dass ich nicht dabei bin, dachte Paige, sagte aber nichts. Keine Bedrohung, auch nicht die durch einen der gefürchteten *Wächter der Finsternis*, konnte sie von der Verpflichtung abbringen, die sie als Sozialarbeiterin *und* Hexe dem Jungen gegenüber hatte.

»Ist Todd in Gefahr?«, fragte sie, denn manchmal gerieten durchaus auch Unbeteiligte in das Kreuzfeuer zwischen den Kräften des Guten und des Bösen.

»Ich glaube es zwar nicht, aber ich bin nicht sicher.« Phoebe betrachtete Todd aus zusammengekniffenen Augen. »Ich habe die Szene aus seiner Sicht gesehen, aber es fühlte sich an, als ...«

»Wäre ihm egal, was geschieht?«, beendete Paige den Satz.

Mit den schmutzigen Sneakers, der ausgebleichten Jeans und dem strubbeligen Haar entsprach der Junge dem Klischee eines trostlosen, verwundbaren Jugendlichen, der bis zum Hals in Schwierigkeiten steckt. Als er aufsah, wurde Paige einmal mehr daran erinnert, dass sie sich unter Umständen vergeblich um ihn bemühte. Sein stoischer Blick war ohne jedes Gefühl – weder für sich selbst noch für sonst irgendjemanden.

Phoebe zog Paige noch ein Stück weiter den Mittelgang hinunter. »Da wir nicht wissen, was zu Leos Zusammenstoß mit dem *Wächter der Finsternis* führt, sollten wir den Jungen scharf im Auge behalten.«

»Da hast du Recht«, sagte Paige, »aber ich muss ihn heute Nachmittag nach *Bay Haven* fahren. Das ist ein Heim für sozial auffällige Jungen.«

Da Todd schon straffällig geworden und unter der Obhut der Jugendfürsorge stand, sah Paige keine Möglichkeit, die Unterbringung im Heim zu vermeiden. Er war nicht vertrauenswürdig genug, um ihn mit nach Hause zu nehmen, und die einzige andere Möglichkeit war das Jugendgefängnis. Um die Eingewöhnung zu erleichtern, waren dort Besuche nur in einem sehr beschränkten Umfang möglich, selbst für Sozialarbeiter. Und so überfüllt, wie das Gefängnis war, konnte es sich als schwierig für Paige erweisen, unentdeckt hineinzuorben. Da Leos Sicherheit auf dem Spiel stand, war eine geheime Überwachung aber dringend nötig.

»Wie sicher ist *Bay Haven?*«, fragte Phoebe.

»Genauso sicher wie jede andere Einrichtung mit minimalen Sicherheitsauflagen.« Paige versuchte sich an die Statistiken zu erinnern, die sie gelesen hatte.

Bevor *Bay Haven* der Stiftung vermacht wurde, von der das private Heim nun betrieben wurde, war es im Besitz einer alteingesessenen reichen Familie gewesen. Das Haus lag mitten im Wald in einer abgelegenen Gegend draußen vor der Stadt. Es war zwar nicht ausbruchsicher, aber zu Fuß kam ein Ausreißer nicht sehr weit.

»Es ist ein ziemlich entlegener Ort, und es gibt qualifiziertes Personal«, sagte Paige. »Dort ist er vielleicht sogar sicherer untergebracht als irgendwo sonst. Und so ist es auf alle Fälle einfacher für mich, mit ihm in Kontakt zu bleiben. Ich kann jederzeit ins Heim orben und ihn notfalls auch mitnehmen.«

»Leo ebenfalls«, entgegnete Phoebe. »Solange es taghell oder stockdunkel ist.«

»Bei Tag oder Nacht?« Paige hatte keine Ahnung, was ihre Schwester damit meinte. »Was gibt es denn sonst noch?«

»Nebel in der Abenddämmerung.« Phoebe sah Paige in die Augen. »Das habe ich jedenfalls in meiner Vision gesehen.«

Phoebe hatte beide Hände am Steuer, während sie mit Piper telefonierte. Die neue Freisprechanlage funktionierte hervorragend.

»Habe ich das richtig verstanden?«, fragte Piper. »Irgendein unbekannter *Wächter der Finsternis* wird Leo angreifen, aber wir wissen nicht, wann oder wo?«

Durch die Radiolautsprecher klang Pipers Stimme klar und voll. Und total gestresst, was Phoebe sehr gut verstehen konnte.

»Das ist der Stand der Dinge«, sagte sie. »Aber da Leo nicht in der Nähe von Todd Corman ist, droht ihm keine unmittelbare Gefahr. Abgesehen davon geschieht, was immer geschehen wird, nicht am helllichten Tage.«

»Das ist immerhin etwas«, entgegnete Piper. »Wenn Leo mit dem Schrank und dem Umgraben fertig ist, ist er bestimmt zu müde, um das Haus zu verlassen, es sei denn, es handelt sich um einen Notfall.«

Mit so einem Notfall will der *Wächter der Finsternis* ihn wahrscheinlich ködern, dachte Phoebe und seufzte. Genau wie Paige würde auch Leo niemals seine Pflichten vernachlässigen, um das eigene Leben zu schützen, wenn ein Unschuldiger in Gefahr war.

»Was gräbt er denn um?«, fragte Phoebe, um das Thema zu wechseln.

»Weißt du das nicht mehr? Ich will doch Beete für Gemüse und Kräuter anlegen«, antwortete Piper.

»Ach ja, stimmt!« Phoebe hatte ganz vergessen, dass sie wegen Pipers neuestem Hobby einen Großteil der Rasenfläche im Garten opfern mussten. Piper war so begeistert von der Idee einer Minifarm mitten in der Stadt gewesen, dass Phoebe und Paige es nicht übers Herz gebracht hatten, sich gegen das Projekt auszusprechen.

»Hör mal«, fuhr Phoebe fort, »ich wollte eigentlich noch kurz ins Einkaufszentrum, um ein paar Zeitschriften abzuholen, die ich bestellt habe, aber wenn du willst, kann ich auch sofort nach Hause kommen.« Sie warf einen Blick auf das Buch, das sie sich von Paige geliehen hatte. Es würde sie bestimmt ein paar Tage lang über die drohende Gefahr und die Arbeitslosigkeit hinwegtrösten können.

»Wie lief denn das Bewerbungsgespräch?«, fragte Piper, als könne sie Gedanken lesen.

»Sieht nicht so aus, als würde das Telefon permanent klingeln, weil es so viele Zeitarbeitsangebote für mich gibt«, entgegnete Phoebe.

»Dann hol dir deine Magazine!«, sagte Piper. Ihr energischer Ton duldete keinen Widerspruch. »Wir können erst etwas gegen den *Wächter der Finsternis* unternehmen, wenn wir mehr Informationen haben, also kommt es auf eine Stunde mehr oder weniger nicht an – falls es nicht unerwartet am Nachmittag eine Sonnenfinsternis gibt. Ich rufe dich auf deinem Handy an, falls etwas passiert, während du unterwegs bist.«

Nach dem Telefonat ging es Phoebe noch schlechter. Sie fühlte sich, als hätte jemand eine nasse Decke über ihr Leben geworfen. Eigentlich neigte sie eher dazu, selbst in der dunkelsten Nacht noch einen Lichtstreif am Horizont zu erkennen, aber der augenblicklichen Lage zeigte sich ihr Optimismus nicht gewachsen. Sie hatte sich noch nie über den Mangel an Normalität in ihrem Hexenleben beschwert, doch heute schien sie alles daran zu erinnern, dass ein ganz normales Leben, wie Piper es herbeisehnte, für die *Zauberhaften* wahrscheinlich ein unerfüllbarer Traum war.

»Vielleicht muntert mich ein Mokka-Sahne-Cappuccino ja wieder auf«, murmelte Phoebe, als sie einparkte und den Motor abstellte. Sie stieg aus dem Wagen und ging mit dem beklommenen Gefühl auf das Einkaufszentrum zu, dass die kurze Schonzeit in Bezug auf Dämonen schon bald ein Ende nehmen würde – unter Umständen sogar ein tragisches.

Eine junge Frau mit Kind stand hinter ihrem Auto und mühte sich ab, den zusammenklappbaren Buggy im Kofferraum zu verstauen. Als das Kind ein Bonbonpapier vom Boden aufhob, riss es ihm die Mutter sofort aus der Hand.

»Nicht in den Mund stecken, Karl!«, schimpfte sie. »Schmutzig! Igitt!«

Der Kleine begann zu weinen.

»Bitte hör damit auf!« Die entnervte Frau nahm den schluchzenden Jungen auf den Arm und verfrachtete ihn in den Kindersitz im Fond. »Wir gehen in die Eisdiele, wenn ich beim Zahnarzt fertig bin.«

»Bonbon haben!« Karl schniefte und wischte sich mit der Hand über die Nase.

»Wie auch immer.« Die Frau sah auf ihre Uhr und setzte sich ans Steuer. »Ich hoffe, sie haben mir den Termin nicht gestrichen, weil wir zu spät sind. Wenn wir nicht bald für dich einen Kindergartenplatz bekommen, werd ich noch verrückt!«

Als Phoebe dem Wagen nachsah, ging ihr plötzlich auf, dass diese Frau in einer ganz anderen Welt lebte als sie. Sie wusste gar nicht mehr, wie ihr Leben ausgesehen hatte, als ein geplatzter Zahnarzttermin noch eine Katastrophe gewesen war, und sie konnte nur ahnen, wie wichtig ein Platz im Kindergarten für das elterliche Seelenheil sein musste.

Ob der kleine Karl bei ihr auf dem Schoß sitzt, während man Mutter die Zähne poliert?, überlegte Phoebe und ging auf den Buchladen zu. Dämonen zu bekämpfen, die Feuer spuckten oder Säure verspritzten, kam ihr dagegen vergleichsweise einfach vor.

Aber Zahnärzte und Kinder waren vergessen, als sie der Verkäuferin in der Buchhandlung ihren Namen nannte, um die bestellten Zeitschriften abzuholen. Während die Frau ins Lager ging, sah sich Phoebe die Sonderangebote an. Ein Kunde im Anzug, der gerade an der Kasse seine Wirtschaftszeitung bezahlte, erregte ihre Aufmerksamkeit.

Der große, schlanke, tadellos gekleidete Mann klemmte sich die Zeitung unter den Arm und verließ mit dem Handy am Ohr die Buchhandlung. Er erinnerte Phoebe an Cole, als dieser noch Bezirksstaatsanwalt gewesen war – bevor sich seine dämonische Seite offenbart hatte. Doch nun war Balthasar tot und Cole nur noch ein ganz normaler Mann.

Arbeitslos, mit dunkler Vergangenheit, aber hundert Prozent menschlich, dachte Phoebe. Wenigstens musste sie vor ihm ihre magischen Fähigkeiten nicht verbergen. Das war ein Plus, denn absolutes Vertrauen war unerlässlich für eine funktionierende Beziehung.

»Hier sind sie.« Die Verkäuferin steckte Phoebes Zeitschriften in eine Plastiktüte mit dem Logo der Buchhandlung und reichte sie ihr. »Das macht dann fünfunddreißig sechsundsiebzig.«

Phoebe seufzte, als sie der Frau ihre Kreditkarte reichte. Piper wusste zwar, dass sie die Fachliteratur brauchte, um sich auf dem Laufenden zu halten, aber Phoebe hoffte dennoch, Arbeit zu finden, bevor sie wieder einmal um Geld bitten musste, um ihre Rechnungen zu bezahlen.

Als sie zur Tür ging, erhielt die Verkäuferin einen Anruf. »Bist du wirklich zu krank zum Arbeiten, Bethany?« Dann, nach einer Pause: »Nein, es macht mir nichts aus, deine Schicht zu übernehmen. Ich hab diesen Monat mein Konto überzogen und kann das Extra-Geld gut gebrauchen.«

Wieder fiel Phoebe auf, wie sehr sich die Realität der Verkäuferin von ihrer eigenen unterschied. Sie hatten zwar beide Geldprobleme, aber die Verkäuferin musste sich über ihren Kontostand hinaus nicht auch noch Sorgen darum machen, wie sie ihren Schwager vor einem dämonischen Fiesling mit tödlicher Armbrust schützen konnte.

Das nenne ich eine echte Doppelbelastung, dachte Phoebe. Sie und ihre Schwestern waren von den alltäglichen Problemen, mit denen sich die meisten Menschen herumschlagen mussten, nicht befreit – und die Verantwortung für das Schicksal der Welt trugen sie obendrein.

Nachdem sie sich an einem Stand, der auf ausgefallene Kaffee- und Gebäcksorten spezialisiert war, ihren Mokka-Sahne-Cappuccino bestellt hatte, setzte sich Phoebe an einen der Tische.

Ihre Niedergeschlagenheit wegen des vermasselten Bewerbungsgesprächs wurde immer größer. Natürlich hätte sie gern einen Job gefunden, bei dem sie ihr psychologisches Wissen gebrauchen konnte, aber sie war inzwischen bereit, jede Arbeit anzunehmen – außer vielleicht für einen Hungerlohn Hamburger zu verkaufen. Seit sie Cole das Jawort gegeben hatte, plagte sie die Befürchtung, sie bekäme, außer Ehefrau und Hexe zu sein, nichts auf die Reihe.

Ehefrau und Hexe zu sein, war an sich natürlich nichts Schlechtes. Piper genoss es, verheiratet zu sein, und obwohl sie manchmal sagte, ihr missfalle die gefährliche Seite des Hexendaseins, war sie sehr gut in Magie. Aber Piper hatte noch mehr vorzuweisen. Phoebe und Prue hatten zwar seinerzeit eine Hypothek auf das Haus aufgenommen, um das *P3* zu finanzieren – das Konzept, die gute Leitung und der große Erfolg des Clubs waren jedoch allein Pipers Verdienst.

Auch Paige war alles andere als eine Niete. Sie war Single – und das gern – und zudem ein leuchtendes Vorbild in Sachen Mut und Unverwüstlichkeit. Paige hatte sich sehr schnell an ihre magischen Fähigkeiten und die Gefahren gewöhnt, die fortan auf sie, als Teil der *Zauberhaften*, lauerten. Mit großem Engagement beteiligte sie sich an der Rettung Unschuldiger, und in ihrem Beruf half sie denjenigen, die unter ganz irdischen Problemen zu leiden hatten.

Und genau wie Piper vernachlässigte Paige niemals ihre Pflichten. Nicht einmal, wenn es um einen Jungen wie Todd Corman ging, der richtig und falsch nicht zu unterscheiden vermochte oder es vielleicht gar nicht wollte.

Phoebe hätte gern etwas geändert. In jüngster Zeit hatte sie immer öfter das Gefühl, viel mehr zu nehmen als zu geben – abgesehen von den Visionen.

»Ihr Kaffee ist fertig, Miss!« Der Mann hinter der Theke verschloss ihren Becher mit einem Plastikdeckel.

»Danke!« Phoebe hatte es plötzlich sehr eilig, nach Hause zu kommen. Rasch bezahlte sie, nahm ihren Cappuccino und hetzte zurück zum Auto.

Wäre ihre Vision mit dem *Wächter der Finsternis* nur genauer gewesen! Ihre kurzen Blicke in die Zukunft und die gelegentlichen Rückblenden hatten schon oft über Leben und Tod der Unschuldigen entschieden, denen sie und ihre Schwestern zu Hilfe kamen.

Und diesmal war das Schicksal eines Jugendlichen auf irgendeine Weise mit dem Angriff eines bösen Wesens verknüpft, das Leo nach dem Leben trachtete.

3

»UND DU WILLST WIRKLICH nichts haben, Todd?«, fragte Paige, als sie von der Autobahn abfuhr.

An der nächsten Kreuzung standen zwei Tankstellen, ein Fastfood-Restaurant und ein Motel. Bis Lucy Grissom ihm seine Sachen nachschickte, besaß Todd nichts außer den Kleidern, die er am Leib trug. Obwohl *Bay Haven* ihn natürlich mit allem Notwendigen versorgte, hatte Paige angeboten, ihm noch ein paar persönliche Dinge wie Zahnbürste und Kamm zu beschaffen.

»Sind Sie taub?« Todd Cormans braune Augen blitzten auf, als er sich umdrehte. »Ich habe Nein gesagt.«

Paige hätte ihm gern eine passende Antwort gegeben, aber sie besann sich eines Besseren. Mit Worten, auf die keine Taten folgten, konnte man bei dem aggressiven Jungen nichts bewirken – außer einer neuen Flut von Beleidigungen. Paige hielt vor einem Stoppschild an.

»Lassen Sie mich einfach in Ruhe, ja?« Todd verdrehte die Augen und verschränkte die Arme vor der Brust.

»Wohl kaum.« Paige fuhr auf die Landstraße und bog sofort noch einmal nach rechts zur Tankstelle ab. Am Rand des Parkplatzes, weit weg von den Zapfsäulen und dem Laden, brachte sie ihren grünen VW zum Stehen.

Während der fünfundvierzigminütigen Fahrt hatte sie Todds Feindseligkeit und seine verbalen Entgleisungen über sich ergehen lassen und gehofft, mit Geduld und Verständnis zu ihm durchzudringen. Aber es war ihr nicht einmal gelungen, seinen Gefühlspanzer anzukratzen – ihr Stolz auf ihre beruflichen Fähigkeiten hingegen hatte erheblich gelitten.

Die meisten elternlos aufwachsenden Jugendlichen, die Paige kennen lernte, sehnten sich verzweifelt nach Sicherheit und waren jedem zugetan, der ihnen ehrliches Interesse entgegenbrachte. Todd Cormans Vertrauen in andere schien jedoch unwiederbringlich zerstört oder metertief verschüttet. Niemand kam an ihn heran. Im Augenblick war seine unkooperative, streitsüchtige Haltung sein schlimmster Feind. Wenn Todd nicht sehr schnell lernte, sich respektvoller zu verhalten, warf ihn Ray Marino aus dem Heim, noch bevor Paige wieder auf der Autobahn war.

»Es gibt noch ein paar Dinge, die du über *Bay Haven* wissen solltest, Todd.«

»Vergessen Sie's!« Todd machte Anstalten, seinen Sicherheitsgurt zu lösen. »Ich bin weg, Lady!«

»Du bleibst schön hier«, entgegnete Paige und legte den rechten Arm auf die Rückenlehne des Beifahrersitzes. Beide Türen waren verriegelt.

»Versuchen Sie ruhig, mich zu hindern«, murmelte Todd und griff neben den Sitz.

Paige zeigte auf den Verriegelungsknopf an der Beifahrertür. »Knöpfchen!«, rief sie leise.

»Machen Sie Witze?« Todd sah gerade nach unten und bemerkte die kleine Orbströmung nicht. Der Knopf flog in Paiges Hand.

»Mein Sinn für Humor ist mir schon vergangen, kurz nachdem wir das Büro verlassen hatten.« Paige schloss die Finger um den Knopf und sank erleichtert in den Sitz, als die Orbpartikel verschwanden. Ohne das kleine Plastikding in ihrer Faust ließ sich die Tür nicht entriegeln.

»Ich lache auch gar nicht.« Todd löste den Sicherheitsgurt und legte die Hand an den Türgriff.

Paige grinste verstohlen.

Fluchend rüttelte Todd an dem Griff, dann wanderte seine Hand nach oben. Als er bemerkte, dass der Verriegelungsknopf weg war, schlug er mit der Faust gegen das Türpolster.

»Ein Wutanfall hilft da auch nicht weiter«, sagte Paige ruhig. »Aber vielleicht verstehst du ja diesen kleinen Wink: Du bist in diesem Auto genauso gefangen wie im System der Jugendfürsorge. Wenn du die Fäuste einsetzt, machst du alles nur noch schlimmer.«

»Vielleicht«, knurrte Todd, »aber dann geht es mir besser!«

»Nicht sehr lange.« Paige sah ihm gelassen in die Augen. »Du hast im Moment nur zwei Möglichkeiten, Todd. Ändere dein Verhalten, damit du in *Bay Haven* bleiben kannst, sonst endest du im Jugendknast!«

»Was für eine Wahl!« schnaubte Todd und sah zur Seite. »Ist doch ganz egal, wo ich lande!«

»Gutes Benehmen wird in *Bay Haven* belohnt, auch wenn du es nur vortäuschst, um durchzukommen«, erklärte Paige. »Wenn du dich ein bisschen bemühst, bemüht sich das Personal auch.«

»Die machen es mir bestimmt schwer«, bemerkte Todd.

»Das liegt ganz bei dir.« Normalerweise sprach Paige nicht so offen mit ihren Schützlingen, aber diesen störrischen Jungen konnte außer der brutalen Realität nichts beeindrucken. »Wenn du nicht in *Bay Haven* klarkommst, wird aus dir nur ein weiterer Jugendknast-Loser werden, und dann gehst du nirgends hin, bis sie dich mit achtzehn wieder rauslassen.«

»Ist mir egal.« Todd presste die Lippen aufeinander und starrte aufs Armaturenbrett. »Sind doch beides Gefängnisse.«

»Ich persönlich hätte lieber ein eigenes Zimmer in einem Heim als eine Zelle im Knast.« Paige legte den ersten Gang ein. »Anschnallen!«

Todd tat, wie ihm geheißen, ohne Paige anzusehen.

Immerhin hat er nicht widersprochen, dachte Paige, steckte den Verriegelungsknopf in die Tasche und fuhr wieder auf die Landstraße. In Anbetracht der Lage war dies ein großer Sieg.

Eine Weile fuhr Paige schweigend weiter. Es war ihre erste Fahrt nach *Bay Haven* und sie war ziemlich neugierig darauf, das Heim und den neuen Leiter kennen zu lernen.

Die Carrington Foundation hatte *Bay Haven* in den frühen Siebzigern als Heim für straffällig gewordene Jungen gegründet. Zu der Einrichtung gehörte sogar eine staatlich anerkannte Schule mit einer fest angestellten Lehrkraft und einigen freien Mitarbeitern. Das Heim hatte sich mit Hilfe der Stiftung und vieler Privatspenden fünfundzwanzig Jahre lang gut entwickelt. Der Tod des ältesten Mitglieds des Stiftungsvorstands und einige Jahre Misswirtschaft hatten jedoch fast zu seiner Schließung geführt. Dann hatte der Vorstand der Carrington Foundation Ray Marino eingestellt.

In weniger als einem Jahr hatte Ray mit seinen innovativen Maßnahmen beim Spendensammeln und seinem Konzept zur Kosteneinsparung dem Heim wieder ein sicheres finanzielles Fundament gegeben. Zugleich hatte er sich die Achtung seiner Kollegen erworben. Ray hatte ein weiches Herz, wie es hieß, aber er regierte mit strenger Hand und führte das Heim wie ein gütiger Diktator.

Paige nahm aus dem Augenwinkel etwas Braunes wahr, das über die Straße huschte. Sie zeigte aus dem Fenster. »Da ist ein Reh!«

Todd sah auf, als das Tier gerade im Wald verschwand. Dann zuckte er verächtlich mit den Schultern, als sei das angedeutete Interesse nur ein Versehen gewesen. »Ist ja Wahnsinn!«, bemerkte er bissig.

Paige verkniff sich einen Kommentar. Sie hatte als Jugendliche ihre Eltern bei einem Autounfall verloren und verstand sehr gut, warum Todd auf jeden losging. Sie selbst hatte nach dieser tragischen Erfahrung drei Phasen durchlebt: Zuerst das Leugnen und Nicht-wahr-haben-Wollen, dann Wut und schließlich die Annahme der Situation. Todd war über das Stadium der Wut noch nicht hinaus, aber er konnte, wie Paige glaubte, sich mit etwas Hilfe und Ermutigung weiterentwickeln und sein Leben von Grund auf ändern.

Wenn er die Geschichte überlebt, die Phoebe in ihrer vernebelten Vision gesehen hat, fügte sie in Gedanken hinzu. Abgesehen von Todds schroffer Art war der einzige Wermutstropfen an diesem milden Nachmittag seine ungeklärte Rolle bei den Ereignissen, durch die Leo mit einem *Wächter der Finsternis* konfrontiert werden sollte.

Paige erschauderte bei der Überlegung, ob sie selbst auch eine Rolle in dieser Geschichte spielte. Sie wurde jedoch aus ihren düsteren Gedanken gerissen, als sie den Wagen um eine Kurve lenkte und *Bay Haven* in Sicht kam.

»Das ist ja wohl die falsche Adresse.« Der Anblick, den das große Anwesen bot, überraschte Todd ganz offensichtlich. Ihm blieb vor Staunen der Mund offen stehen, aber Paige tat so, als bemerke sie es nicht.

»Nein, hier sind wir ganz richtig«, entgegnete sie, als sie zwischen den dekorativen Steinsäulen hindurchfuhren, die links und rechts der Einfahrt standen.

Das große Eisentor war geöffnet. Dahinter tat sich eine Grünanlage mit Blumen und Strauchrabatten vor einer hohen Mauer auf, die Eindringlinge fern hielt. Direkt an der Straße befand sich eine einzelne Säule mit einem eingebauten großen Briefkasten.

Das große Herrenhaus stand auf einer Anhöhe, die von Wald umgeben war. Einzelne große Eichen und andere Laubbäume wuchsen auf der sorgfältig getrimmten Rasenfläche und säumten die lange, geschwungene Auffahrt. Als anschauliches Beispiel für die Eleganz des Lebens im frühen zwanzigsten Jahrhundert wirkte das herrschaftliche Anwesen vornehm und Ehrfurcht gebietend.

»Sieht aus wie das Haus von einem reichen Sack.« Todd blickte finster drein. »Wahrscheinlich werden die Kids im Keller eingesperrt, damit sie nichts kaputtmachen.«

»Die Schlafzimmer sind im dritten Stock und die Klassenräume im zweiten.« Paige hielt vor dem Eingang an und stellte den Motor ab. »Gehen wir!«

Todd sah sie entgeistert an. »Mein Türschloss geht nicht auf, schon vergessen?«

»Dann kletterst du eben auf meiner Seite raus«, entgegnete Paige nüchtern. Sie nahm sich vor, den Verriegelungsknopf auf dem Rückweg wieder einzusetzen, und ließ Todd die Stufen zur Eingangstür vorangehen.

Ein stämmiger, aber sportlicher Mann in kurzärmeligem Hemd und legerer Hose öffnete ihnen. »Paige Matthews und Todd, nehme ich an.«

»Zweimal richtig!« Paige schüttelte dem Mann lächelnd die Hand.

»Ray Marino«, stellte er sich vor. Ray war Mitte Dreißig und mit seinem markanten Gesicht durchaus attraktiv. Er strahlte Sachlichkeit und Verantwortungsbewusstsein aus. Der kurze militärische Haarschnitt passte zu seinem kantigen Kinn, den buschigen dunklen Augenbrauen und den nachdenklichen braunen Augen.

»Herzlich willkommen!« Ray machte einen Schritt zurück und hielt ihnen die Tür auf.

Paige betrat hinter Todd die große Eingangshalle und sah sich rasch um. Die Flügeltür zu ihrer Rechten führte in die Bibliothek. Durch die Fenster in der Tür zur Linken sah sie den großen Salon, der offenbar als Raum für Besprechungen diente, wie an dem alten, aber geschmackvollen Mobiliar und dem Fehlen von Unterhaltungselektronik zu erkennen war. Für die Jungen gab es oben einen Gemeinschaftsraum mit Fernseher.

Eine geschwungene Treppe führte in die oberen Stockwerke. Zwei Stühle mit hoher gerader Rückenlehne und ein langer Bibliothekstisch standen am anderen Ende der Eingangshalle. Paige nahm an, der Korridor rechts davon führte in die Küche und den Speisesaal im hinteren Teil des Hauses.

»Würdest du hier bitte ein paar Minuten warten, Todd«, sagte Ray und legte dem Jungen die Hand auf die Schulter.

Todd zuckte zusammen, fasste sich jedoch rasch wieder. »Haben Sie keine Angst, dass ich weglaufe?«

»Nein.« Ray warf einen kurzen Blick auf die Überwachungskamera und winkte Paige in die Bibliothek, in der sich der Heimleiter sein Büro eingerichtet hatte. »Es gibt ein paar Dinge, die wir besprechen müssen, Paige.«

»Selbstverständlich.« Paige merkte, wie Todd sie aus dem Augenwinkel beobachtete. Sie hatte fast den Eindruck, er bekäme Panik. Als sie sich jedoch zu ihm umdrehte, sah er sofort weg und machte ein beleidigtes Gesicht.

Paige seufzte. Hoffentlich bedauerte sie es nicht irgendwann, dass sie Ray so bedrängt hatte, Todd in *Bay Haven* aufzunehmen.

Als sie hinter dem Heimleiter herging, bemerkte sie zwei weitere Kameras, eine im Treppenhaus und eine ganz hinten in der Empfangshalle. In der großen Bibliothek hingen gleich zwei. Natürlich wurde das ganze Haus lückenlos überwacht. Diese Maßnahme war nötig, denn die dort untergebrachten Jungen waren allesamt erfahrene Ausreißer.

Paige sah sich möglichst unauffällig um. Da sie oder Leo vielleicht später einmal zu Todd hineinorben musste, war es gut, so viel wie möglich über das Haus in Erfahrung zu bringen. Die Tür am anderen Ende des Raumes war verschlossen, aber nach rechts ging es in ein anderes kleineres Büro.

»Ich möchte mich nur vergewissern, dass ich Todds ganze Geschichte kenne«, erklärte Ray. »Die Jungen, die wir aufnehmen, haben eigentlich keine Probleme, über sich zu sprechen, und die Hälfte von dem, was sie sagen, ist Blödsinn. Aber das wissen Sie ja selbst.«

»Leider ja.« Paige nickte.

Ray blätterte in den Unterlagen. »Hier steht, seine Mutter starb vor fünf Jahren an einer bakteriellen Infektion.«

»Da war Todd sieben«, bestätigte Paige. »Seine Mutter hatte nur einen Mindestlohn-Job, und das Geld war knapp. Sie hat zu lange gewartet, bis sie ins Krankenhaus gegangen ist, und man konnte sie nicht mehr retten.«

»Was für eine Tragödie!« In Rays Seufzen lag die Verzweiflung, die Paige so oft selbst verspürte, weil es unmöglich war, allen zu helfen, die Hilfe brauchten. »Und sonst hat er keine Familie?«

»Die Jugendfürsorge hat niemanden gefunden«, entgegnete Paige.

»Was ist mit dem Vater?«, fragte Ray.

»Unbekannt.« Da sie ahnte, wie Rays nächste Frage lautete, führte sie näher aus: »Es gibt keine Dokumente, keinen Eintrag in Todds Geburtsurkunde, gar nichts, aber die Mutter hat Todd gesagt, der Name seines Vaters sei Brian Jamieson. Er war Bauarbeiter und hat sich aus dem Staub gemacht, bevor Todd zur Welt kam.«

»Die Ratten verlassen das sinkende Schiff«, murmelte Ray.

»Vielleicht, aber es kann auch sein, dass er gar nichts von Karis Schwangerschaft wusste.« Paige hatte gelernt, keine vorschnellen Schlüsse zu ziehen. Kurz nachdem sie eine der *Zauberhaften* geworden war, hatte sie einen Vater verdächtigt, sein Kind zu misshandeln. Und entgegen der anfänglichen Beweislage war am Ende die Mutter als Täterin überführt worden. So einen Fehler wollte Paige nie wieder begehen.

Nickend überflog Ray die nächste Seite. »Dieser Junge wechselt die Pflegeeltern wie andere ihre Unterwäsche«, bemerkte er.

»Deshalb habe ich mich ja an Sie gewendet«, entgegnete Paige. »John und Lucy Grissom haben acht Monate lang nur Kummer und Streit mit Todd erlebt.«

Ray sah wieder in die Akte. »Hat er wirklich fast alle Fenster bei den Grissoms kaputtgemacht, bevor er abgehauen ist?«

»Und den Fernseher im Wohnzimmer«, antwortete Paige. »Weil sie ihm nicht erlauben wollten, einen Horrorfilm zu sehen, der nicht für Jugendliche freigegeben war. Ich kann es ihnen wirklich nicht verübeln, dass sie das Handtuch geworfen haben. Die meisten hätten das schon viel früher getan.«

»Wie kommen sie dann zu der Auffassung, es lohne sich, wenn man sich weiter um den Jungen bemüht?«, fragte Ray freiheraus und sah Paige in die Augen.

»Nur so ein Gefühl.« Paige seufzte. »Und weil ich grundsätzlich nicht kampflos aufgebe.«

Ray zögerte, dann nickte er lächelnd. »Jetzt weiß ich alles, was ich wissen muss.«

Todd saß auf einem der unbequemen Stühle in der Empfangshalle und stieß einen langen Seufzer aus, um die Gefühle zu unterdrücken, die in ihm aufwallten. Seine Mutter war weg und würde nie wieder zurückkehren. Es war albern, Paige Matthews mit ihr zu vergleichen, nur weil sie ihr ähnlich sah.

Ein wenig glich sie ihr tatsächlich, stellte Todd in einem Anflug von Traurigkeit fest. Paige war groß und hatte dunkles Haar und braune Augen wie seine Mutter, aber das war auch schon alles. Und ganz bestimmt hatte sie nie knallroten Lippenstift benutzt, da war er sicher. Die wenigen Fotos, die er von Kari Corman besaß, verblassten bereits, und im Laufe der Zeit wurde es immer schwieriger für ihn, sich an ihre Züge zu erinnern. Aber an manch anderes erinnerte er sich sehr gut.

Sie hatte immer ein Lächeln im Gesicht gehabt, manchmal sogar, wenn sie versucht hatte, streng zu sein, und sie hatte ihm immer zugehört. Damals hatte er zwar noch keine richtig krummen Dinger gedreht, aber auch kleinere Übeltaten ließ sie ihm nicht durchgehen. Sie hatte ihn oft zu einer »Auszeit« verdonnert, ihm aber jedes Mal wieder verziehen, und ihr Ärger war immer rasch verflogen.

Aus irgendeinem merkwürdigen Grund hatte Paige ihn daran erinnert, wie sehr er seine Mutter vermisste.

Aber sie sind sich wirklich nicht besonders ähnlich, redete Todd sich beharrlich zu. Meine Mutter hätte mich nicht in so ein komisches Heim gesteckt, nur wegen ein paar eingeschlagenen Fenstern.

Todds Augen verengten sich, als er sich an seine letzte Begegnung mit Lucy und John Grissom erinnerte und daran, wie er einen Baseball in den Fernseher gedroschen hatte.

»Wenn du diesen Ball wirfst, Todd«, hatte Lucy gesagt, »lassen wir dich noch heute Abend von der Jugendfürsorge abholen. Ich halte es nicht mehr mit dir aus.«

»*Wir* halten es nicht mehr aus«, hatte John hinzugefügt.

Todd hatte den Ball in die Mattscheibe geschmettert und war aus dem Haus gerannt. Bevor er in der Nacht verschwunden war, hatte er noch ein paar Fenster eingeworfen.

Seine Mutter hätte ihn den Horrorfilm auch nicht sehen lassen, und sie wäre gewiss wütend geworden, als er seinen

Schreianfall bekam. Aber sie hätte ihn niemals damit gedroht, ihn im Stich zu lassen, wie es Lucy getan hatte.

Und jetzt Paige, dachte er. Sie machte zwar einen ganz netten Eindruck, aber auch Lucy war anfangs nett gewesen. Doch kaum hatte er einmal Mist gebaut, hatte sie ihm ihre Zuneigung entzogen – wie alle anderen Pflegeeltern zuvor. Er würde nie wieder jemandem vertrauen, auch einer Sozialarbeiterin nicht, die ganz sympathisch zu sein schien und ein bisschen so aussah wie seine Mutter.

Als er plötzlich ein Miauen hörte, sah er sich um. Mit einigem Ärger über seinen Selbstmitleidsanfall beobachtete er, wie eine rötlich-gelb getigerte Katze an der Wand entlangschlich. Sie war ziemlich mager, hatte ein borstiges Fell und wirkte sehr zurückhaltend. Als er sich bewegte, blieb sie wie angewurzelt stehen und nahm ihn mit ihren gelben Augen ins Visier.

»Was ist los, Katze? Hast du einen schlechten Tag?« Todd beugte sich langsam vor und streckte die Hand aus. »Ich auch.«

Ein durchdringendes Fauchen, gefolgt von einem Schmerzensschrei ließ Ray auffahren.

»Was war das?« Paige sprang auf.

»Die Katze.« Ray flitzte in die Eingangshalle. »Was ist hier los?«

Paige blieb in der Tür stehen und sah eine Katze die Treppe hochjagen. Ein Stuhl war neben dem Bibliothekstisch umgekippt. Todd stand davor und hielt sich den Arm.

»Diese blöde Katze hat mich einfach so gekratzt!«, schrie er. Sein Gesicht war rot vor Zorn.

»Das bezweifle ich«, entgegnete Ray. »Hadie greift nur an, wenn sie sich bedroht fühlt.«

»Ich wollte sie doch nur streicheln.« Todd funkelte Ray böse an.

Paige runzelte die Stirn. Sie fand Todds Aussage glaubhaft, schon allein deshalb, weil es ihm normalerweise egal war, ob man ihn bei etwas Unrechtem erwischte oder nicht. Er protzte sogar regelrecht mit seinen Schandtaten, als müsse er der ganzen Welt seinen Trotz beweisen. Wenn die Katze in der Vergangenheit von jemandem geärgert worden war, hatte sie Todd vielleicht nur gekratzt, um einem vermeintlichen Angriff zuvorzukommen.

»Ist es schlimm?«, fragte Paige.

»Ich werd's überleben.« Todd riss sich sofort los, als Ray seinen Arm untersuchen wollte.

»Schon gut.« Ray hob beschwichtigend die Hände und trat zurück. »Ich zeige dir, wo wir den Erste-Hilfe-Kasten haben, wenn ich mit dir die Einführungsrunde mache. Was du brauchst, kannst du dann mit auf dein Zimmer nehmen.«

»Ist mir wurscht.« Todd ließ die Schultern hängen.

Als hätte er sich in sein schreckliches Schicksal ergeben, dachte Paige.

»Er hat wahrscheinlich Hunger«, sagte sie. »Außer dem Donut heute Morgen auf der Polizeiwache hat er seit gestern Abend nichts gegessen.«

»Ich glaube, in so einem Notfall wird Chuck sich ausnahmsweise überreden lassen, dir ein Sandwich zu machen«, sagte Ray mit einem spröden Lächeln. »Aber nur dieses eine Mal.«

Der lahme Versuch des Heimleiters, einen Witz zu machen, blieb ohne Wirkung. Todd hatte sich wieder vollständig in sich selbst zurückgezogen. Es gab nichts, was sie sagen konnte, um den Jungen aus seinem Zustand herauszuholen, aber Paige wollte nicht, dass er sich total im Stich gelassen fühlte. Sie griff in ihre Tasche und holte eine Visitenkarte und einen Stift heraus.

»Hier ist meine Karte, falls du etwas brauchst.« Auf die Rückseite schrieb Paige noch ihre private Nummer.

»Ich brauche nichts von Ihnen«, knurrte Todd.

»Man kann nie wissen.« Paige hielt ihm die Karte hin. »Nimm sie!«

Todd verdrehte die Augen, nahm die Karte aber an. Er betrachtete sie einen Augenblick und gab sie Paige dann plötzlich zurück. »Lassen Sie mich in Ruhe!«

»Wir bleiben in Verbindung«, sagte Paige zu Ray, steckte ihre Visitenkarte wieder ein und sah Todd an. Als sich ihre Blicke kreuzten, wandte er sich ab, und sie ging, ohne sich von ihm zu verabschieden. Es gab nur eine Möglichkeit, ihn davon zu überzeugen, dass sie ihn nicht im Stich lassen würde: Sie musste in den kommenden Tagen, Wochen und Monaten für ihn da sein.

Piper hockte auf dem Gartenland und strich sich das Haar aus dem Gesicht. Leo arbeitete ein Stück vor ihr und grub mit einem Spaten den Rasen um. Piper war ihm mit einer kleinen Hacke gefolgt, um die dicken Erdklumpen auseinanderzubrechen und die Grashalme zu entfernen.

»Ich könnte eine Pause gebrauchen.« Sie ließ die Hacke fallen und wischte sich beim Aufstehen die Erde von den Knien. »Was meinst du?«

Leo stach den Spaten in die Erde und stützte sich auf den Griff. »Ich mache noch weiter. Wir haben nicht mal die Hälfte geschafft.«

»Ja, ein Beet anzulegen ist gar nicht so einfach.« Piper betrachtete kritisch ihr Werk und zog die Gartenhandschuhe aus. Sie hatten den Zulauf des Rasensprengers mit rotem Band markiert, um nicht versehentlich die unterirdischen Plastikleitungen zu beschädigen. Als Nächstes hatten sie mit Holzpflöcken und einer Schnur das Beet markiert, das sie anlegen wollten. Aber die zwei mal drei Meter große Fläche umzugraben war viel mehr Arbeit, als sie sich beide vorgestellt hatten.

»Möchtest du was zu trinken?«, fragte Piper.

»Ein Fünf-Liter-Kanister kaltes Wasser wäre nicht schlecht«, entgegnete Leo.

»Kommt sofort.« Piper seufzte erleichtert, als sie das kühle Haus betrat. Sie ging ans Spülbecken, um sich das Gesicht zu waschen, bevor sie die Tür zur Speisekammer öffnete. Wenn sie nach den zwei Stunden Schwerstarbeit Appetit bekommen hatte, dann war Leo bestimmt auch hungrig.

Kräcker mit Käse und Leos scharfem Lieblingssenf waren genau das Richtige, fand Piper und nahm eine Packung Vollweizenkräcker vom Regal. Sie schrie auf, ließ die Schachtel fallen und machte einen kleinen, erschreckten Eindringling mit Fell bewegungsunfähig.

»Was ist denn?« Phoebe kam mit einem Buch unter dem Arm aus dem Wohnzimmer. Den Zeigefinger hatte sie als Lesezeichen zwischen die Seiten geklemmt. »Sag nicht, wir haben einen Dämon in der Speisekammer!«

»Keinen Dämon«, entgegnete Piper und trat zur Seite. »Aber eine Maus.«

»Eine erstarrte Maus.« Phoebe betrachtete das kleine reglose Wesen auf dem Regal. Es saß mit weit aufgerissenen Äuglein und angelegten Ohren halb aufgerichtet da. »Sieht aus, als hätte die Maus sich mehr erschreckt als du!«

»Ich war nur so überrascht«, entgegnete Piper beleidigt. Natürlich hatte sie angesichts des kleinen Nagers, der hinter den Kräckern gelauert hatte, wieder einmal überreagiert, aber das lag zum Teil auch an Phoebes Vision, die ihren ohnehin strapazierten Nerven noch mehr zugesetzt hatte. Das Warten auf den Angriff irgendeines Unterweltbösewichts war zermürbend, aber längst nicht so beunruhigend wie eine konkrete Bedrohung für Leo. Das Gift der *Wächter der Finsternis* war die einzige Substanz im ganzen Universum, mit der man einen *Wächter des Lichts* ganz sicher umbringen konnte.

»War ein bisschen übertrieben, sie gleich einzufrieren«, bemerkte Phoebe.

»Es wäre schlimmer, wenn ich sie in die Luft gejagt hätte«, gab Piper zurück. Abgesehen von der bedauerlichen Auslöschung eines Lebens wäre eine explodierte Maus eine ekelhafte Schweinerei gewesen.

»Stimmt.« Phoebe schüttelte sich. »Aber wir können sie

nicht einfach wieder laufen lassen. Auch eine kleine Maus hat im Nu unsere sämtlichen Vorräte verputzt.«

»Und wir kriegen jedes Mal eine Gänsehaut, wenn wir etwas aus der Speisekammer holen wollen.« Piper hob die Kräcker-Schachtel auf und stellte sie auf die Küchentheke. Dann holte sie eine große Kaffeedose aus dem Schrank und öffnete den Plastikdeckel. »Dann fangen wir sie ein und setzen sie draußen aus.«

»Gute Idee«, meinte Phoebe. »Brauchst du dabei Hilfe?«

»Soll das ein Witz sein?« Piper sah ihre Schwester entgeistert an. »Das ist eine Maus und kein abscheuliches Monster!«

»Eine Maus, die du hast erstarren lassen«, betonte Phoebe, fügte jedoch eilig hinzu: »Aber in Anbetracht meiner Vision von Leo und dem *Wächter der Finsternis* sei dir der ein oder andere Ausflipper gestattet.«

»Deine Vision ist nicht das einzige Problem«, erklärte Piper. »Der letzte Dämonenangriff liegt schon extrem lange zurück, und ich bin ein nervliches Wrack. Ich weiß, es klingt merkwürdig, aber ich bin froh, wenn endlich irgendwas Entsetzliches passiert. Vielleicht werde ich dann ja wieder ruhiger.«

»Fang die Maus ein, Piper! Ich werde weiterhin die dämonenfreie Zeit zu nutzen wissen.« Phoebe wedelte mit dem Buch und ging zurück ins Wohnzimmer.

Die Erstarrung der verängstigten Maus löste sich, als Piper gerade auf das Regal zuging. Rasch machte sie das kleine Wesen noch einmal bewegungsunfähig, ergriff es und brachte Leo ihre Beute in einer Kaffeedose nach draußen. Leo hob den Plastikdeckel ein Stückchen an und runzelte die Stirn. »Sie ist erstarrt!«

»Ich weiß. Ende der Diskussion.« Piper warf ihm über die Schulter ein knappes Lächeln zu und ging wieder ins Haus. »Gleich gibt's was zu essen und zu trinken.«

Das Telefon begann zu klingeln, als hinter ihr die Gittertür ins Schloss fiel.

»Hallo?« Piper klemmte sich das Telefon unters Kinn und machte den Kühlschrank auf.

In diesem Augenblick kam Phoebe an den Apparat im Wohnzimmer. »Halliwell.«

»Ich bin's, Paige! Gut, dass ihr beide dran seid, dann muss ich die Geschichte nur einmal erzählen.« Paiges Stimme klang gestresst.

»Moment, ich schalte auf den Lautsprecher um.« Piper legte ein Stück Cheddar auf die Theke und klappte die Kühlschranktür mit dem Ellbogen zu. Dann drückte sie den Lautsprecherknopf und stellte das Telefon zurück in die Ladestation.

Phoebe legte auf und kam in die Küche. Sie schnappte sich die Kräckerschachtel und ging zum Tisch. »Okay, Paige, was ist los?«

»Ich habe Todd gerade nach *Bay Haven* gebracht«, sagte Paige. »Und ich hab irgendwie ein komisches Gefühl dabei.«

Piper hielt mit dem Messer über dem Käse inne. »Weil er Phoebes Vision ausgelöst hat oder weshalb?«

»Hat es was mit dem *Wächter der Finsternis* zu tun?« Phoebe kam ohne Umschweife zum Thema.

»Ich weiß es nicht.« Paige seufzte. »Ich werde nur das Gefühl nicht los, dass dieser Junge in viel größeren Schwierigkeiten steckt, als ich angenommen habe.«

Piper schnitt den Käse auf, während Paige von Todds Einzug in dem Heim berichtete. Da sie selbst den ganzen Tag schrecklich nervös gewesen war, nahm sie an, Paiges Sorge um den Jungen sei durch die Vision noch verstärkt worden. Das war nicht sonderlich überraschend, aber warum der Zwischenfall mit der Katze so wichtig war, verstand Piper nicht.

»Vielleicht hat Todd die Katze tatsächlich am Schwanz gezupft oder so«, bemerkte sie.

»Und warum hätte er sich dann so aufregen sollen?«, fragte Paige erstaunt. »Als ich ihn wegen der kaputten Fenster bei den Grissoms oder wegen der Ausreißerei zur Rede gestellt habe, hat er überhaupt nicht reagiert. Aber als Ray andeutete, Todd habe der Katze womöglich etwas zu Leide getan, ist er stinkwütend geworden.«

»Vielleicht verfügt er doch über einen gewissen Gerechtigkeitssinn«, meinte Phoebe. »Verzerrt zwar, aber er ist da.«

»Wie meinst du das?«, fragte Paige.

»Ich stelle nur Vermutungen an«, entgegnete Phoebe, »aufgrund dessen, was du uns über den Jungen erzählt hast.«

»Ich verstehe«, sagte Paige. »Dann lass mal hören!«

Piper stellte den Käseteller zusammen mit drei Senfsorten auf den Tisch: eine scharfe, eine würzige und eine süßscharfe, die ihr selbst am besten schmeckte. Sie hörte Phoebe genau zu, während sie drei Gläser mit Eis füllte und Limonade dazugoss.

»Möglicherweise erwartet Todd, dass er erwischt und bestraft wird, wenn er etwas anstellt«, erklärte Phoebe. »Das akzeptiert er, weil er ja tatsächlich Schuld hat, aber er kann es nicht ertragen, wenn man ihn einer Sache verdächtigt, die er gar nicht getan hat.«

Als Paige schwieg, stellte sich Piper vor, wie ihre jüngere Schwester an der Unterlippe nagend über die neu gewonnene Erkenntnis nachdachte.

»Dann hat mich mein Gefühl also nicht getäuscht«, sagte sie nach einer ganzen Weile, »und Todd hat der Katze nichts getan.«

»Wahrscheinlich nicht«, pflichtete Phoebe ihr bei.

»Und warum ist das so wichtig?« Piper reichte Phoebe ein Glas Limonade und stellte die anderen beiden auf den Tisch. Leo hatte den ganzen Tag schwer gearbeitet und er brauchte eine Stärkung, ob er nun wollte oder nicht. Sie öffnete die Hintertür, um ihn hereinzurufen.

Paiges Seufzen drang vernehmlich aus dem Lautsprecher. »Vielleicht ist der Zwischenfall gar nicht wichtig, aber so ist es immerhin besser, als wenn er grundlos auf die Katze losgegangen wäre.«

»Das muss nichts heißen, Paige«, bemerkte Phoebe. »Einige der schlimmsten Tyrannen der Weltgeschichte waren große Tierfreunde.«

Piper winkte Leo herbei und wartete, bis er tatsächlich den Spaten abstellte und zum Haus kam, bevor sie sich an den Tisch setzte.

»Auch wieder wahr«, räumte Paige ein, »aber es ginge mir besser, wenn Leo mal bei ihm reinschauen könnte.«

Piper drehte sich zum Telefon um. »Du willst, dass Leo in das Heim orbt? Jetzt?«

»Es ist doch noch lange hell«, entgegnete Paige.

»Gibt es etwa schon Probleme?« Leo ging ans Spülbecken, um sich die Hände zu waschen.

»Das wüsste ich ja gern, Leo«, antwortete Paige.

»Was hast du denn jetzt vor, Paige?«, fragte Piper. In ihrer Stimme lag ein leicht anklagender Ton.

»Arbeiten!« Etwas sanfter setzte Paige hinzu: »Ich will sofort damit anfangen, nach Todds Vater zu suchen. Vielleicht kann ich etwas über diesen Brian Jamieson herausfinden, das den anderen bisher entgangen ist. Es ist auf jeden Fall einen Versuch wert.«

Piper rutschte nervös auf dem Stuhl hin und her. Es war noch völlig unklar, welche Rolle Todd in der Geschichte mit dem *Wächter der Finsternis* spielte.

»Leo kann sich doch unsichtbar machen«, fuhr Paige fort. »Also kann er unbemerkt alles beobachten.«

»Ja, das kann ich.« Leo kam an den Küchentisch. Er nahm sich sein Glas, trank es zur Hälfte aus und machte sich dann einen Kräcker mit Käse und Senf zurecht.

Piper nickte nur. Bis das Gegenteil bewiesen war, galt Todd Corman als unschuldig und stand unter ihrem Schutz. Leo musste sich ungeachtet der Gefahr für das eigene Leben um ihn kümmern.

»Ich bin gerade auf dem Parkplatz angekommen«, sagte Paige. »Kannst du rüberkommen, Leo? Ich will dir noch ein paar Dinge über *Bay Haven* erklären.«

»Komme sofort.« Leo trank seine Limo aus.

»Danke!« Paige beendete das Gespräch, und es knackte im Lautsprecher.

Phoebe spürte Pipers Vorbehalte und versuchte, sie zu trösten. »Meine Visionen sind doch immer sehr genau, Piper. Jetzt gibt es keinen Nebel, und die Sonne geht erst in ein paar Stunden unter. Leo ist bestimmt nicht in Gefahr, sofern er bei der Observation unsichtbar bleibt.«

»Ich weiß, ich weiß. Natürlich hast du Recht, Phoebe«, entgegnete ihre Schwester. »Es fällt mir nur sehr schwer, mir keine Sorgen zu machen.«

»Vertrau mir, Piper. Heute Nachmittag besteht kein Anlass zur Sorge. Stimmt's, Leo?« Phoebe sah den *Wächter des Lichts* auffordernd an.

»Es sollte keine Probleme geben.« Leo beugte sich zu Piper vor, um sie auf die Wange zu küssen. Dabei vermied er es jedoch, ihr in die Augen zu sehen. »Ich bin bald zurück.«

Piper betrachtete kritisch sein schmutziges Hemd. »Willst du dich nicht ...«

Leo verschwand in einem Wirbel aus weißem Licht.

»... umziehen?« Piper sah Phoebe stirnrunzelnd an. »Das war irgendwie merkwürdig, oder?«

Phoebe zuckte mit den Schultern. »Was macht es schon, wenn er schmutzig und verschwitzt ist! Außer Paige bekommt ihn doch niemand zu sehen.«

»Findest du nicht, er hat sich ein bisschen zu schnell verdrückt?«, fragte Piper. »Als hätte er etwas zu verbergen.«

»Jetzt, wo du es sagst ...« Phoebe legte die Hand ans Kinn und kniff nachdenklich die Augen zusammen. »Aber was sollte Leo schon vor uns verbergen?«

Was immer es ist, es kann nichts Gutes sein, dachte Piper und verfiel in beklommenes Schweigen. Sie wusste nicht, was sie mehr beunruhigte: der drohende Angriff des *Wächters der Finsternis*, oder dass Leo etwas vor ihr zu verheimlichen schien.

4

*L*EO MATERIALISIERTE IM BESPRECHUNGSRAUM im Erdgeschoss des dreistöckigen Gebäudes. Es war niemand dort, wie Paige vermutet hatte. Aber da sie nur einen kleinen Teil des Hauses gesehen hatte, musste Leo sich nun allein zurechtfinden.

Weniger als eine Stunde war vergangen, seit Paige das Heim verlassen hatte. Leo ging zunächst in die Küche im hinteren Teil des Hauses, um nachzusehen, ob Todd vielleicht noch bei dem von Ray versprochenen Lunch war. Aber der Junge war nirgends zu sehen. Lediglich zwei Männer – der eine in einem fleckigen weißen Kittel, der andere im Overall – saßen an einem Tisch in der Ecke und tranken Kaffee.

»Wann siehst du dir endlich mal den Dunstabzug an, Herman?«, fragte der Koch.

»Wenn er kaputt ist, sofort, Chuck.« Herman pustete auf seinen Kaffee, um ihn abzukühlen, und nahm einen vorsichtigen Schluck. »Aber wenn er im Prinzip funktioniert und nur komische Geräusche von sich gibt, musst du leider warten. Ich soll nämlich bis morgen Nachmittag die ganze rückwärtige Wiese mähen.«

Chuck seufzte. »Dann warte ich.«

»Hab ich mir gedacht.« Der Hausmeister lächelte.

»Aber die Klimaanlage bei Sonny solltest du dir unbedingt mal ansehen«, fuhr Chuck fort. »Er sagt, sie klappert, und es käme heiße Luft raus.«

»Wo ist das Problem?« Herman machte ein verdrießliches Gesicht. »Aus dem Mund von diesem Trottel kommt doch auch nur heiße Luft.«

Chuck zuckte mit den Schultern. »Mag sein, aber er bereitet seine Schüler auf die staatliche Leistungsprüfung vor. Wenn man bedenkt, mit was für Leuten er sich hier abmühen muss . . .«

»Sehe ich so aus, als würde mich das interessieren?«, bemerkte Herman sarkastisch.

Als der Koch sich erhob, betrat Leo die schmale Hintertreppe. Er blieb stehen, um sich den Lageplan anzusehen, der neben Arbeits- und Terminplänen, Hinweisen und Flugblättern am schwarzen Brett hing.

Die Klassenräume, ein Lehrerzimmer, ein naturwissenschaftliches Labor und Rays Wohnung waren im Mittelteil und im Westflügel der zweiten Etage angesiedelt. Außer dem Gärtner, der sein Quartier über der Werkstatt hatte, war das Personal im Ostflügel des zweiten Stocks untergebracht. Die Zimmer der Jungen und der Aufenthaltsraum befanden sich in der dritten Etage. Der Raum unter dem Dach diente als Lagerfläche.

Leo tauchte auf dem Treppenabsatz im zweiten Stock auf, als gerade ein Mann mit aufgekrempelten Hemdsärmeln und Krawatte über den Korridor eilte. Er war schlank, hatte eine dicke Brille und schütteres Haar, und er hielt ein Paket Bücher im Arm. Mit einem Taschentuch tupfte er sich den Schweiß vom Nacken. Er murmelte vor sich hin, als wolle er etwas auswendig lernen, ging in ein kleines Büro und knallte die Tür hinter sich zu.

Das muss der Lehrer sein, dachte Leo und las das Schild an der Bürotür: Sonny Hendricks. Außer Ray Marino, dem Lehrer, dem Koch und dem Hausmeister gab es in *Bay Haven* einen Sportlehrer, der auch in anderen Fächern Nachhilfe erteilte. Leslie Cray, die für das Heim zuständige Krankenschwester und Psychologin, war die einzige Frau im Team. Sie und der Sportlehrer wohnten nicht im Haus.

Abgesehen von Sonny war niemand auf der Etage. Als Leo sich auf die große Haupttreppe zubewegte, hörte er Lärm im dritten Stock und orbte rasch nach oben.

Ein wütender Junge hatte gerade einen Stoß Handtücher und Toilettenartikel auf den Boden geworfen. Ein mittelgroßer Mann ging gelassen auf ihn zu.

Ray Marino und Todd Corman, vermutete Leo.

»Nur ein Idiot würde so viele blöde Regeln befolgen«, knurrte der Junge.

»Gibt es ein Problem, Todd?«, fragte Ray mit eisiger Ruhe.

Statt einer Antwort nahm Todd eine Zahncremeschachtel und schleuderte sie durch den Flur. Sie knallte gegen eine Tür und fiel neben einem Stück Seife zu Boden.

Leo war nicht der einzige Zuschauer bei der Kraftprobe zwischen dem Neuzugang und dem Heimleiter. Drei Türen wurden einen Spalt breit geöffnet und drei neugierige Augenpaare linsten in den Flur.

Ray Marino war sich der Tragweite von Todds Herausforderung durchaus bewusst. Zur Aufrechterhaltung der Disziplin im Hause war es nötig, dem Jungen auf der Stelle Respekt beizubringen, solange die anderen zusahen.

Todd verschränkte die Arme vor der Brust und schob das Kinn vor. »Ich habe kein Problem.«

»Doch, jetzt hast du eins!« Ray bewegte sich unglaublich schnell und flink. Bevor Todd wusste, wie ihm geschah, hatte ihn der Heimleiter am Arm gepackt und in ein leeres Zimmer gezerrt.

Leo missfiel zwar die grobe Behandlung des Jungen, aber er beschloss, nicht vorschnell zu urteilen. Wachsam orbte er durch die Wand.

Das Zimmer war ungefähr vier mal vier Meter groß und mit zwei Betten, einem Nachttisch, einer Kommode, einem Schreibtisch und zwei Lampen ausgestattet. Im Vergleich zu Paiges Beschreibung der Zellen im Jugendgefängnis wirkte dieses Zimmer geradezu luxuriös. Todd wusste anscheinend gar nicht, was für ein Glück er gehabt hatte, oder es war ihm egal.

»Ich werde diese blöden Regeln bestimmt nicht befolgen«, sagte Todd entschlossen. »Sie können mich also direkt in diesen Staatsbunker verfrachten lassen.«

Interessant, dachte Leo und war trotz der Respektlosigkeit des Jungen beeindruckt. Todd hatte die Drohung, ins Jugendgefängnis geschickt zu werden, entkräftet, bevor das Spiel überhaupt begonnen hatte.

Zwei Jungen rannten quer über den Flur in das Zimmer eines dritten. Sie hatten mit wachsendem Interesse beobachtet, wie der Machtkampf zwischen Ray und Todd eskalierte.

»Tut mir Leid, Todd«, erklärte Ray unerschütterlich, »aber so leicht kommst du hier nicht raus.«

Leo zog anerkennend eine Augenbraue hoch. Auch die Fähigkeit des Heimleiters, Todd den Wind aus den Segeln zu nehmen, war beeindruckend.

Mit einem Wutschrei riss Todd die Patchwork-Decke vom Bett und trampelte darauf herum. Als Ray sich davon nicht aus der Reserve locken ließ, hörte der Junge wieder auf und blieb mit geballten Fäusten und finsterem Gesicht stehen.

»Du bekommst erst wieder was zu essen, wenn dieses Bett ordentlich gemacht ist«, sagte Ray.

Todd reagierte mit einer Heftigkeit auf Rays Gelassenheit, die Leo entwaffnend fand. »Sie können mich zwar hier einsperren, aber Sie können mich zu nichts zwingen!«

»Ich vielleicht nicht«, sagte Ray und sah zu den drei Jungen hinüber, die auf der anderen Seite des Korridors in der Tür standen. »Aber die da schon.«

»Auf keinen Fall!«, entgegnete Todd bissig.

»Das schlechte Verhalten eines Einzelnen zieht in *Bay Haven* die Bestrafung aller Mitbewohner nach sich«, erklärte Ray. »Würdest du es hinnehmen, Fernsehen und andere Extras gestrichen zu kriegen, nur weil einer von den anderen sich nicht benimmt oder den Mund nicht halten kann?«

»Mir ist das alles schnuppe«, gab Todd zurück. Er ignorierte die anderen Jungen und degradierte sie zu unbedeutenden Randfiguren in seiner Welt.

Leo war zwar besorgt, hatte dem Wortgefecht aber mit zunehmender Faszination gelauscht und fuhr zusammen, als Ray plötzlich mit dem Fuß die Tür zustieß.

Todd zuckte nicht mal mit der Wimper. »Sie können mir keine Angst machen.«

Entweder spielt der Junge nur den Tapferen, überlegte Leo, oder ihm ist in seiner Verzweiflung wirklich egal, was mit ihm geschieht.

»Wenn ich dir tatsächlich Angst machen wollte, dann säßest du jetzt schon zähneklappernd auf deinem Bett!« Rays Antwort ließ darauf schließen, dass es ihm keine Probleme bereiten würde, sich den Jungen gefügig zu machen, wenn er es wollte. Statt auf Gewalt setzte er jedoch auf Argumente. »Wenn du so schlau bist, wie du zu sein glaubst, dann merkst du dir das besser.«

Todds Mundwinkel zuckten, aber er sagte nichts.

»Ich will deine Intelligenz nicht beleidigen, indem ich dir einen Vortrag darüber halte, wie du es im Leben zu etwas bringen kannst, wenn du einlenkst und lernst zu kooperieren«, fuhr Ray fort. »Das erzähle ich nur den Losern.«

Leo runzelte die Stirn, als ein Hauch von Neugier in Todds Augen aufglomm. Er fand das Interesse des Jungen an Rays Worten beunruhigend, aber er durfte nur zuhören, um Paige später von seinen Beobachtungen zu berichten.

»Aber ich will dir etwas sagen, über das du nachdenken kannst, während du überlegst, wann du dein Bett machen willst.« Ray ging zur Tür. »Wenn man eine Situation beherrschen will, muss man alle Beteiligten manipulieren, aber die erfolgreiche Manipulation anderer beginnt mit Selbstbeherrschung.«

Todd sagte nichts, als Ray das Zimmer verließ, blieb regungslos stehen und starrte auf die geschlossene Tür.

Der Zorn, der in dem verstockten Blick des Jungen schwelte, gab Leo zu denken. Der Hass, den Todd in seinem Inneren hegte, um sich vor Verletzungen zu schützen, drohte ihn irgendwann aufzufressen, wenn nicht jemand seine Abwehr durchdrang und sein Vertrauen wieder herstellte.

Als Leo nach Hause orbte, spürte er, dass die Zeit gegen Todd Corman arbeitete.

»Natürlich sind dreizehn Jahre eine lange Zeit«, sagte Paige zu dem Mitarbeiter bei der Kfz-Meldestelle, »aber wir müssen den Mann finden. Vielleicht weiß er nicht mal, dass er einen Sohn hat.«

Als sie aufgelegt hatte, machte sie einen Vermerk in Todds Akte. Bei seinen Nachforschungen war ihr Gesprächspartner auf über hundert Hinweise auf Brian Jamieson gestoßen. Vermutlich hatten Zeit-, Geld- und Personalmangel die Bezirksjugendfürsorge bislang davon abgehalten, ihnen nachzugehen. Auch Paige hatte viel zu tun, aber sie würde sich einfach die Zeit nehmen, die nötig war, um Todds Vater zu finden. Er erschien ihr die beste Lösung für die Probleme des Jungen.

Wenn der Typ sich nicht als vollkommener Trottel entpuppt, dachte Paige. Sie fragte sich, ob Todd vielleicht mehr über seinen Erzeuger wusste, als er zugab. Jede noch so kleine Information konnte ihr helfen, die Suche einzugrenzen und ihre Erfolgschancen zu vergrößern.

Paige drückte sich die Daumen, als das Telefon klingelte, und sie hoffte, der Mitarbeiter der Kfz-Meldestelle war bereit, ihr die versprochene Liste mit Adressen auf den Namen B. Jamieson zu faxen. Sie stutzte, als sie Phoebes Stimme am anderen Ende der Leitung hörte.

»Kannst du mal kurz für ein paar Minuten rüberorben?«, bat ihre Schwester ohne Umschweife. »Leo ist gerade aus *Bay Haven* zurückgekehrt.«

»Bin schon unterwegs!« Paige ließ den Computer eingeschaltet und die Corman-Akte aufgeschlagen auf dem Tisch. Falls jemand nach ihr suchte, würde er annehmen, sie käme jeden Augenblick wieder von der Toilette zurück. Sie ging tatsächlich zum Waschraum – allerdings, um von dort einen raschen Ausflug nach Hause zu machen, bevor sie an ihren Schreibtisch zurückkehrte.

Ein Kribbeln durchfuhr Paige, als sich ihr Körper in einen Photonenstrom umwandelte, bevor ihre Partikel eins wurden mit denen des Äthers. Mit Hilfe dieses Verfahrens verließ sie den Boden der fassbaren Welt und bewegte sich in Sekundenschnelle durch den Raum. Mitten auf dem Dachboden materialisierte sie wieder.

»Warum hast du so lange gebraucht?«, neckte Piper sie und sah lächelnd vom *Buch der Schatten* auf.

Phoebe saß bewaffnet mit Schreibblock und Stift auf dem Schaukelstuhl. Sie seufzte wehmütig. »Manchmal wünschte ich, ich könnte das auch.«

»Es ist ganz praktisch«, entgegnete Paige. Durch ihre Fähigkeit, von einem Ort zum anderen orben zu können, war ihr hektisches Doppelleben sehr viel einfacher geworden. »Stimmt's, Leo?«

Leo starrte gedankenverloren aus dem Fenster. Mit verdutzter Miene drehte er sich zu ihr um. »Hm?«

»Ist egal, war nicht wichtig«, sagte Paige. »Wie geht es Todd?«

Leo zögerte, als wisse er nicht so recht, wie er die schlechte Nachricht übermitteln sollte.

Paige hielt ängstlich die Luft an. »Ist ihm etwas zugestoßen?«

»Nein, noch nicht, aber ...« Leo seufzte. »Ich muss sagen, Paige, mir ist noch nie ein Kind begegnet, das so gefühllos ist wie Todd. Es ist, als wäre er ...«

»Leer?« Paige verstand, warum Leo nach Worten suchte. Auch sie war ratlos gewesen, als sie vergeblich nach einem Fünkchen Wärme in Todds dunklen Augen gesucht hatte. »Und hoffnungslos?«

»Ohne jede Reue«, fügte Leo hinzu.

»Todd kann kein hoffnungsloser Fall sein.« Piper blätterte geistesabwesend im *Buch der Schatten*. »Sonst wäre es ja sinnlos, ihm zu helfen.«

»Das stimmt«, sagte Leo, »aber wenn Todd nicht bald anfängt, sich mit etwas anderem zu beschäftigen als seinem Umfeld Kummer zu bereiten, dann verliert er jede Menschlichkeit.«

Phoebe beugte sich vor und stützte die Ellbogen auf die

Knie. »Die da oben haben uns mit Todd in Kontakt gebracht, also muss er auch etwas haben, das der Rettung wert ist.«

Paige klammerte sich verzweifelt an diese Hoffnung. Todd befand sich seit dem Tod seiner Mutter auf dem Weg in die Selbstzerstörung. Er musste vor sich selbst gerettet werden – und möglicherweise auch vor einem unbekannten *Wächter der Finsternis*.

»Wonach suchst du, Piper?« Paige warf einen Blick auf das Buch.

»Nach Hinweisen auf verschiedene Typen von *Wächtern der Finsternis*, aber es gibt keine.« Piper runzelte die Stirn. »Und das ist ziemlich ärgerlich ... und irritierend.«

»Ja«, pflichtete Phoebe ihr bei. »Wie wir aus eigener Erfahrung wissen, können *Wächter der Finsternis* ganz unterschiedliche Ziele verfolgen ...«

»Abgesehen davon, das sie *Wächter des Lichts* töten?«, warf Paige ein.

»Leo hat einen *Wächter der Finsternis* vernichtet, der Maggie Murphy in den Selbstmord treiben wollte, damit sie keine *Wächterin des Lichts* werden konnte«, erklärte Piper.

»Und dann war da noch Alec.« Phoebe schaukelte aufgeregt vor und zurück. »Als Leo Daisy vor seinen Avancen schützen wollte, hätte Alec ihn um ein Haar umgebracht.«

»Jeder *Wächter der Finsternis* macht früher oder später Jagd auf *Wächter des Lichts*. Sie sehen es als ihre Bestimmung an«, erklärte Leo und setzte sich auf einen Kistenstapel. Paige lauschte ihm besorgt. »Alec hoffte, mit Daisy eine neue böse Generation in die Welt setzten zu können.«

»Haben die denn Nachwuchsprobleme?« Paige hoffte, mit ihrem Sarkasmus die Abscheu und Angst zu überspielen, die sie tief in ihrem Innern verspürte.

»Leider gibt es jede Menge verdorbene Menschen«, sagte Leo. »Die *Wächter der Finsternis* rekrutieren ihre Leute aus dem Bestand des Bösen, wie wir *Wächter des Lichts* aus den Guten ausgewählt werden.«

»Aber für das Böse gibt es kein Genug, Paige.« Phoebes

Stimme klang hart. »Die Mächte der Finsternis sind erst zufrieden, wenn das Gute ausgelöscht ist.«

»Aber das wird nicht geschehen, solange wir etwas zu sagen haben.« Piper klappte das Buch zu und sah Phoebe an. »Wie weit bist du mit dem Spruch?«

»Mit was für einem Spruch?« Paige musste zurück ins Büro, und es würde ihr wesentlich leichter fallen, sich auf die Arbeit zu konzentrieren, wenn sie wusste, dass Piper und Phoebe der Problemlösung auf der Spur waren.

Phoebe hielt ihren Schreibblock hoch. »Da wir den *Wächter der Finsternis* noch nicht identifiziert haben, mache ich einen allgemeinen Spruch, mit dem sich alle *Wächter der Finsternis* vernichten lassen.«

Als Paige hinausorbte, hörte sie noch, wie Phoebe hinzufügte: »Hoffe ich zumindest.«

5

»GUTEN MORGEN!« PAIGE KAM in die Küche gefegt und steuerte direkt auf die Kaffeekanne zu, die auf der Theke stand.

»Leo hat die Nacht überlebt, also ist es einer.« Piper wischte sich mit der Serviette einen Milchtropfen vom Kinn. »Ein *guter* Morgen, meine ich.«

»Ich habe Kaffee und Donuts.« Leo hielt einen halb aufgegessenen Gebäckring mit Zuckerguss hoch. »Ich bin zufrieden.«

»Ich auch, aber das hat nichts mit den Donuts zu tun.« Grinsend legte Cole einen Arm um Phoebes Schulter.

Phoebe schien es gar nicht wahrzunehmen. Sie nippte an ihrem Kaffee und starrte stirnrunzelnd auf ihren Notizblock. Den zahlreichen durchgestrichenen Zeilen nach zu urteilen, war sie mit ihrem Zauberspruch noch nicht sehr weit gekommen.

»Was sind denn unsere Pläne für heute?«, fragte Paige, um das Gespräch auf Todd und Phoebes Vision zu bringen.

Am Tag zuvor hatten sie alle nervös auf die Dämmerung gewartet. Aber die Sonne war untergegangen, und es war dunkel geworden, ohne dass sie etwas aus *Bay Haven* gehört hatten oder sich der mysteriöse *Wächter der Finsternis* gezeigt hätte. Bevor die Sonne erneut unterging, lagen nun einige, und wie sie hofften, risikolose Stunden vor ihnen, in denen sie herausfinden mussten, was überhaupt los war und wie sie sich schützen konnten. Besser gesagt, wie sie *Leo* schützen konnten.

»Ich geh in die Bibliothek.« Cole trank seinen Kaffee aus und stand auf.

»Ich mache den Zauberspruch.« Phoebe gab Cole einen Kuss, bevor er zur Tür hinauseilte, und widmete sich wieder ihren Notizen.

»Ich bin im Garten.« Piper hakte die Daumen unter die Träger ihrer Jeanslatzhose. »Ich muss das Beet zu Ende umgraben und Dünger in die Erde einarbeiten, damit überhaupt was wächst.«

»Todd«, sagte Leo nur. »Jemand muss ihn im Auge behalten.«

»Und ich habe erst morgen meinen ersten offiziellen Besuchstermin«, dachte Paige laut nach. »Ich muss zugeben, ich mache mir um den Jungen Sorgen. Da er die Vision ausgelöst hat, muss er auch unser Unschuldiger sein.«

Niemand widersprach ihr. Wer auch immer verantwortlich für diese schicksalhaften Begegnungen war, er sorgte in jedem Fall dafür, dass die *Zauberhaften* Kontakt zu denen bekamen, die ihre Hilfe benötigten.

»Zum Glück kann ich ihn ja bewachen, ohne gesehen zu werden.« Leo vermied es, Piper in die Augen zu schauen.

Sie atmete geräuschvoll aus. »Dann wirst du also in den nächsten Tagen als der große Unsichtbare in *Bay Haven* herumschleichen.«

»Mach dir keine Sorgen!« Leo gab ihr einen Kuss auf die Wange. »Niemand erfährt, dass ich dort bin.«

»Was heißt hier Sorgen machen?« Piper gab Leo einen kleinen Schubs. »Ich fahre morgen in die Gärtnerei, um Tomaten- und Paprikasetzlinge zu kaufen. Da du mit Spionieren beschäftigt bist, muss ich sie allein einpflanzen.«

»Du willst Setzlinge kaufen?« Phoebe sah von ihrem Block auf. »Warum nimmst du keine Samen?«

»Auf Radieschen, Möhren und Zauberkräuter kann ich warten.« Auf Pipers Gesicht zeigte sich ein verschmitztes Grinsen. »Aber die Tomaten will ich so schnell wie möglich ernten.«

»Sofortige Bedürfnisbefriedigung.« Paige machte das Daumen-hoch-Zeichen. »Damit bin ich einverstanden.«

Leo sah Piper überrascht an. »Du machst dir wirklich keine Sorgen?«

Piper verdrehte die Augen. »Ich komme um vor Sorge, aber was spielt das schon für eine Rolle!«

»Hab ja nur gefragt.« Leo wich zurück und machte eine abwehrende Handbewegung.

»Zumindest wissen wir, dass der *Wächter der Finsternis* zu einer bestimmten Zeit auftaucht«, sagte Paige. »Nur bei Sonnenuntergang droht Gefahr.«

»Wenn es neblig ist«, ergänzte Piper.

»Möglicherweise ist es gar nicht so einfach, der Gefahr aus dem Weg zu gehen. Bei der Rettung eines Unschuldigen dürfen wir keine Rücksicht auf Ort und Zeit nehmen.« Phoebe warf einen Blick in die Runde. »Selbst wenn in der Dämmerung Nebel aufzieht.«

»Also ...« Leo räusperte sich vernehmlich. »Der Nebel in deiner Vision muss nicht zwangsläufig etwas mit dem Wetter zu tun haben. Er könnte auch symbolisch gemeint sein.«

»Seit wann haben meine Visionen denn allegorischen Charakter?«, fragte Phoebe entgeistert.

»Wachsen ihre präkognitiven Fähigkeiten etwa?« Paige stand auf und schenkte sich noch eine Tasse Kaffee ein.

»Nein«, entgegnete Leo. »Es ist nur das erste Mal, dass Nebel eine Rolle spielt.«

Paige bemerkte, wie Phoebe bleich und ganz starr wurde. Die entgeisterte Reaktion ihrer jüngeren Schwester auf die Bombe, die Leo da soeben hatte platzen lassen, war nachvollziehbar. Sie waren auf Leos magischen Sachverstand und seine Kenntnisse über ihre Kräfte angewiesen. Natürlich würde er niemals ihren Auftrag und ihre Sicherheit gefährden, aber es war ein Unding, dass er ihnen den möglichen symbolischen Aspekt von Phoebes Visionen bislang verschwiegen hatte.

»Wir haben das, was ich in meinen Visionen sah, immer ganz wörtlich genommen!«, entfuhr es Phoebe. Sie hielt inne und setzte noch einmal neu und in einem etwas gemäßigteren Tonfall an. »Und nun sagst du, das Gesehene bedeutet nicht immer das, was es meiner Interpretation nach bedeutet, oder wie?«

»Nein, so habe ich das nicht gemeint.« Leo erhob sich und begann, auf und ab zu gehen. »In der Mehrzahl der Fälle ist der Nebel in deinen Visionen genau das, was er ist – Nebel eben. Kondensierter Wasserdampf in bodennahen Luftschichten und sonst nichts.«

»Und in den anderen Fällen?« Phoebe verschränkte die Arme vor der Brust; eine Geste der Abwehr, die verriet, wie verletzt sie war.

Paiges Blick wanderte unruhig zwischen Leo und Phoebe hin und her. Piper, der Leos Enthüllung sichtlich unangenehm war, starrte zu Boden.

Leo schob seine Hände in die Hosentaschen. »In ganz seltenen Fällen ...«

»*Wie* selten?«, unterbrach ihn Paige.

»Extrem selten«, entgegnete Leo geduldig. »In extrem seltenen Fällen ist Nebel ein Hinweis auf das Dunst-und-Stein-Phänomen.«

»Und das bedeutet?«, hakte Phoebe nach, als Leo nicht gleich damit herausrücken wollte.

»Das ist ein Indikator dafür, dass die in der Vision dargestellten Dinge noch im Fluss befindlich und wandelbar sind«, erklärte Leo.

»Und was ist daran neu?« Piper sah verwundert auf. »Wir haben schon den Ausgang vieler Geschichten verändert, die Phoebe in ihren Visionen gesehen hat.«

»Nein, nein, das Dunst-und-Stein-Phänomen bedeutet etwas anderes.« Leo setzte sich und suchte nach den richtigen Worten. Schließlich griff er auf eine lehrbuchmäßige Erklärung zurück, die er wie ein Dozent herunterleierte: »In einer Kette aufeinander folgender Visionen wird der Umfang des Nebels oder Dunstes immer geringer, je unabänderlicher die dargestellten Dinge und Ereignisse werden.«

Wie Phoebe bemerkte, hatten auch Paige und Piper nichts begriffen. Verständnislos sahen die drei Leo an.

»Kannst du das mal übersetzen?« Paige nahm einen großen Schluck Kaffee zur Stärkung.

»Okay.« Leo rieb sich den Nacken, seufzte und versuchte, die Sache einfacher zu erklären. »Wenn wir es in Phoebes Vision wirklich mit dem Dunst-und-Stein-Phänomen zu tun haben, werden weitere Visionen folgen, in denen immer wieder dieselbe Situation dargestellt wird, vielleicht mit Abweichungen. Und von Vision zu Vision wird sich der Nebel immer weiter verflüchtigen, weil die Sache, um die es geht, sich immer weniger ändern lässt. Sie wird sozusagen in Stein gemeißelt.«

Paige sah Phoebe schräg an. »Verstehst du das?«

»Ich glaube schon«, murmelte Phoebe, doch sie fasste den Kern der Aussage noch einmal in ihren eigenen Worten zusammen, um sicherzugehen: »Bei Dunst-und-Stein-Visionen ist also die Dichte oder Menge des Nebels ein Indiz dafür, ob und wie viel man an einer bestimmten Sache ändern kann?«

Leo klatschte in die Hände. »Genauso ist es.«

Paige nickte abwesend. »Aber Phoebe hatte bisher nur *eine* Vision mit dem *Wächter der Finsternis*.«

»Bis jetzt«, bemerkte Phoebe.

»Dann könnte es sich bei dem Nebel also auch um ganz normalen Nebel handeln?«, fragte Piper.

Leo zuckte mit den Schultern. »Das wissen wir erst, wenn diese Vision sich erfüllt oder Phoebe noch eine weitere bekommt.«

Paige wollte Piper beruhigen, denn die Sorge stand ihrer Schwester deutlich ins Gesicht geschrieben. »Das Wichtigste ist doch, dass wir wissen, was auf uns zukommt, denn so haben wir die Möglichkeit, uns auf den Angriff vorzubereiten.«

»Das ist immerhin ein Vorteil.« Piper nickte und drehte sich ruckartig zu Leo um. »Und warum hast du uns das nicht schon viel früher gesagt?«

»Erst einmal«, sagte Leo, »wollte der Rat, dass Phoebe ganz unvoreingenommen an ihre Visionen herangeht und nicht zu viel hineininterpretiert.«

Da ist was Wahres dran, dachte Paige. Nun, da Phoebe sich mit den Visionen auskannte, war es leichter, sie mit einem neuen Aspekt vertraut zu machen.

Piper runzelte aufgebracht die Stirn. »Ich meine, bevor du nach *Bay Haven* georbt bist, um nach Todd zu sehen!«

»Weil es den Ablauf der Dinge nicht verändert hätte, wenn ihr es ein paar Stunden eher erfahren hättet. Du hättest dir nur noch mehr Sorgen gemacht«, erklärte Leo ohne Umschweife.

»Du musst mir keine unangenehmen Fakten verschweigen, Leo.« Piper kochte vor Wut. »Die ständige Bedrohung unseres Lebens macht mich zwar ziemlich nervös, aber ich bin doch nicht aus Zucker!«

»Ich weiß.« Leo strich Piper zärtlich eine Haarsträhne hinters Ohr. »Aber du hattest so viel Freude an der Gartenarbeit, da wollte ich dir den Spaß nicht verderben.«

Nach einem Augenblick glätteten sich Pipers finstere Züge wieder. »Also gut! Du hast gerade noch mal den Kopf aus der Schlinge gezogen!«

»Nicht wirklich«, bemerkte Paige. »Es gibt da immer noch dieses kleine Problem mit dem *Wächter der Finsternis*, der auf seinen Auftritt wartet.«

»Ein Problem, das abhängig ist vom Nebelfaktor«, ergänzte Piper.

»Ein Problem, von dessen Lösung wir noch sehr weit entfernt sind.« Phoebe schüttelte den Kopf und seufzte frustriert. »Auf die Genauigkeit meiner Visionen ist wegen des Dunst-und-Stein-Phänomens möglicherweise kein Verlass mehr, und über das erste Wort für den neuen Zauberspruch komme ich auch nicht hinaus. Eine allgemeine Beschwörungsformel hat einfach nicht dieselbe Durchschlagskraft wie ein Spruch, der für ein ganz bestimmtes Wesen geschrieben ist.«

»Ach, dir wird schon etwas einfallen«, tröstete Paige sie. Dass eine verpasste Gelegenheit Leos Tod bedeuten konnte, erwähnte sie lieber nicht.

Todd kam als Letzter in der Küche. Er und seine drei Mitschüler hatten gerade sieben lange Unterrichtsstunden bei Mr. Hendricks hinter sich gebracht. Mit Ausnahme von zwei kurzen Pausen hatten sie die ganze Zeit mit Vorbereitungen auf die staatliche Leistungsprüfung verbracht, die am nächsten Tag stattfinden sollte.

Während der fünf Jahre, in denen Todd von einer Pflegefamilie zur anderen gewandert war, hatte er gelernt, sich zurückzuhalten und den Mund erst aufzumachen, wenn er die neuen Leute in seinem Leben im Griff hatte. Bereits nach einem Tag in *Bay Haven* hatte er erkannt, dass Ray das Heft in der Hand hatte und ihm niemand widersprach, nicht einmal der Lehrer, der Hausmeister oder der Koch. Abgesehen von dem kurzen Zusammenstoß am Vorabend hatte Todd mit Ray nicht viel zu tun gehabt, und er wusste noch nicht, wie er sich diesen Mann vom Leib halten konnte. Im Gegensatz zu den vielen Pflegeeltern, die er schon gehabt hatte, war es Ray ganz offensichtlich egal, ob ihn die Jungen mochten oder nicht, und damit war der Heimleiter eindeutig im Vorteil.

Über die Stärken und Schwächen seiner Mitbewohner war Todd indes noch nicht im Bilde.

Die beiden Älteren, Ian Gregory und Tyrell Weans, waren in der ersten Pause auf die Toilette gerannt und erst wieder herausgekommen, als Mr. Hendricks sie zurück in die Klasse rief. Hank Marcos hatte versucht, nett zu Todd zu sein, aber Todd hatte ihm unmissverständlich klargemacht, dass er keine Fragen beantworten wollte, und so hatte es der Jüngere schließlich aufgegeben.

In der zweiten Pause hatte Ian ihm eröffnet, wie froh er war, in *Bay Haven* untergebracht zu sein. Ian kannte Jungen, die schon im Bezirksjugendgefängnis gewesen waren. Wenn die Geschichten über die krassen Bedingungen der Wahrheit entsprachen, war *Bay Haven* im Vergleich dazu das reinste Honigschlecken, auch wenn Ray für die strikte Einhaltung von Disziplin und Ordnung sorgte. Der Chef von *Bay Haven* hatte zwar dutzende schreckliche Methoden, um diejenigen zu bestrafen, die sich nicht an die Regeln hielten, aber all das war nichts im Vergleich zu dem Leben im Gefängnis.

Mit finsterer Miene dachte Todd über seine Situation nach und ließ sich auf einen Stuhl an dem großen Küchentisch fallen. Hank, Ian und Tyrell saßen schon da und warteten auf Ray.

»Wo liegt das Problem, Todd?« Tyrell verpasste ihm unter dem Tisch einen Tritt ans Bein. »Du redest nicht viel.«

»Er stirbt wahrscheinlich vor Hunger, genau wie wir«, bemerkte Ian. »Seit dem Frühstück haben wir nichts mehr gegessen, falls du dich erinnerst.«

Todd beugte sich über den Tisch und packte Tyrell am Hemdkragen. Sein Vertrauen in die Menschen war zerstört, und er war nicht in der Stimmung, irgendjemandem eine Chance zu geben, schon gar nicht so einem großmäuligen Hohlkopf. »Tritt mich nie wieder!«

»Sonst?« Tyrell schob das Kinn vor.

»Ja, was sonst?« Ian klang zwar recht mutig, aber er saß auch nicht in Todds Reichweite.

Todd ignorierte ihn und sah Tyrell zornig an. Die provokative Haltung des Älteren war nur ein Bluff, dessen war er sicher. Daher ließ er nur von ihm ab, weil er merkte, wie der Koch ihn beobachtete. »Das willst du gar nicht wissen!«

Hank beugte sich zu Tyrell. »Wer sich mit Todd anlegt, bekommt es auch mit mir zu tun!«

Todd verdrehte genervt die Augen. »Ich brauche keine Hilfe, Hank.«

»Nein?« Beleidigt wich der kleine Junge zurück.

Bevor Todd noch etwas sagen konnte, kam Ray in die Küche. Er knallte die Tür zu, und sein durchdringender Blick wanderte von einem ängstlichen Gesicht zum nächsten, während er an den Tisch schlenderte.

Eine fast greifbare Spannung baute sich im Raum auf. Ray nahm sich im Vorbeigehen den Teller, den Chuck ihm reichte, und stellte ihn mitten auf den Tisch. Auf dem Teller lag ein

Club-Sandwich, das mit Putenfleisch, Käse, Salatblättern und Tomaten belegt war. Es war in vier kleine Stücke geschnitten, die jeweils von einem Zahnstocher zusammengehalten wurden.

»Das ist Mittag- und Abendessen in einem, Jungs«, sagte Ray. »Wie ihr es unter euch aufteilt, ist eure Sache.«

»Das ist alles?« Ian war entsetzt. »Für alle vier ... bis morgen?«

»Das ist alles«, bestätigte Ray.

Die drei anderen wechselten untereinander Blicke, aber Todd behielt Ray im Auge. Wie er annahm, gab es für alles, was der Mann tat, einen guten Grund. Insofern musste er auch bei dieser Sache einen Hintergedanken haben.

Er will sehen, was wir machen, dachte Todd. Der Heimleiter geht bestimmt davon aus, dass wir uns um die Beute prügeln werden ...

»Keine Regeln?«, fragte er.

Die anderen rutschten unruhig auf ihren Stühlen hin und her, denn sie wussten nicht, was Ray von ihnen wollte, und warteten auf das Einsatzzeichen.

»Nur eine«, erwiderte Ray. »Sechzig Sekunden lang darf niemand nach dem Sandwich greifen.« Er sah auf seine Uhr und hielt die Hand hoch. »Ab jetzt!«

»Es gibt nur eine Lösung«, sagte Todd da zu den anderen. »Wir müssen es gerecht unter uns aufteilen.«

»Das glaube ich kaum«, entgegnete Tyrell. »Wenn es sonst nichts zu essen gibt, dann will ich das ganze Sandwich für mich haben.«

Ians Augen blitzten auf. »Wenn du alles oder nichts willst, Tyrell, dann kriegst du eben nichts.«

»Bist du dabei?« Todd sah Hank an.

»Noch dreißig Sekunden«, ließ sich nun Ray vernehmen.

Als Hank nickte, sah Todd Ian an. »Was ist mir dir? Ein Stück vom Sandwich ist besser als gar nichts, oder?«

Ian musterte Tyrell. Er selbst war größer und kräftiger und konnte es mit dem drahtigen dreizehnjährigen Tyrell durchaus aufnehmen, aber nicht zusätzlich noch mit Todd und Hank.

»Ich bin dabei«, sagte Ian und nickte.

»Schlechter Zug«, bemerkte Tyrell.

»Drei, zwei, eins!« Ray ließ den Arm fallen.

Ian und Hank saßen links und rechts von Tyrell und hielten ihn an den Armen fest, als er gierig nach dem Sandwich greifen wollte. Gleichzeitig schnappte sich Todd den Teller und sprang auf.

Als Tyrell sich losriss und ausholte, ging Ian in Deckung. Tyrell knallte mit der Faust gegen die Tischkante und krümmte sich vor Schmerzen. Hank flüchtete vom Tisch und kam auf Todd zu.

»Scher dich raus, Tyrell!«, befahl Todd. »Du hast verloren!«

»Komm doch, wenn du dich traust!« Tyrell hob erneut die Faust, um Ian zu schlagen, aber der stämmige Junge wich ihm geschickt aus.

»Raus, Tyrell!« Ray wies mit dem Daumen Richtung Tür.

Als Tyrell aus der Küche gerannt war, stellte Todd den Teller wieder auf den Tisch und setzte sich. Hank und Ian kamen dazu. Todd gab jedem von ihnen ein Viertel des Sandwichs und zog dann den Teller mit der verbliebenen Hälfte zu sich heran.

»Was soll das denn?« Ian sah unzufrieden von seinem dreieckigen Sandwichstück zum Teller und dann zu Todd. »Wieso bekommst du die Hälfte?«

»Weil ich der Kopf dieses Teams bin«, sagte Todd, der nicht vergessen hatte, dass Ray die Szene immer noch beobachtete. Da er wusste, wie viel Wert der Mann auf Durchsetzungsvermögen legte, setzte Todd sogar noch einen drauf. »Oder hast du ein Problem damit, Ian?«

»Ja, es ist nicht fair!«, quengelte Ian.

Da riss Todd dem entsetzten Ian das Sandwichstück aus der Hand und reichte es Hank. »Und das ist meine Meinung zum Thema Fairness, Kumpel.«

»Hä? Aber ich …« Empört sah Ian zu Ray, aber als die

erhoffte Rückendeckung seitens des Heimleiters ausblieb, trat er wütend gegen das Tischbein und stürmte aus der Küche.

»Danke, Todd!« Hank strahlte.

»Du hast es verdient«, entgegnete Todd schroff, denn Ray beobachtete ihn noch immer. Er wollte dem Mann nicht verraten, dass er Hanks ehrliches Bemühen, sich wie ein Freund zu verhalten, mit einer gewissen Protektion entlohnte. »Loyalität macht sich bezahlt.«

Todd fing an zu essen, ohne Ray eines Blickes zu würdigen. Es spielte keine Rolle, was die anderen Jungen und der Heimleiter von ihm dachten. Schließlich hatte Ray den Laden nur deshalb so gut im Griff, weil auch ihm egal war, was andere von ihm dachten. Todd dachte wieder an Rays Spruch über Manipulation und Beherrschung und zog seine eigenen Schlüsse. Eines war ihm klar geworden: Gleichgültigkeit bedeutete Macht.

Ray Marino betrat sein Büro in der Bibliothek, verriegelte die Tür und blieb vor den Überwachungsmonitoren stehen, um nach den Jungen zu sehen.

Todd Corman saß immer noch mit Hank in der Küche. Es hatte zwar ein paar Stunden gedauert, aber schließlich hatte der Neue am Vorabend doch eingelenkt und sein Bett gemacht. Mit seinen zwanzig Jahren Erfahrung in der Rehabilitation von Jugendlichen wusste Ray jedoch, dass Todd noch längst nicht kapituliert hatte. Er machte nur das Beste aus der Situation, bis er irgendwann die Chance sah, einen Aufstand zu wagen. Ray hatte nicht zum ersten Mal mit einem störrischen Jugendlichen zu tun, der es auf eine Machtprobe mit ihm anlegte. Und er setzte sich immer durch. Pech für Todd!

Ian Gregory und Tyrell Weans hockten schmollend vor dem Fernseher. Mit seinen vierzehn Jahren interessierte sich Ian eigentlich nicht mehr für Cartoons, aber es war allemal besser, als Runden laufen zu müssen oder Hausarbeiten zu erledigen. Tyrell, dreizehn Jahre alt und ein kreativer Geist mit Hang zur Hyperaktivität, drückte seine überbordenden, oft widerstreitenden Gefühle aus, indem er selbst Cartoons zeichnete.

Der elfjährige Hank war ein Meister der Manipulation und besaß ein nahezu unheimliches Talent, andere auszutricksen. Todd hatte zwar den Jüngeren als Waffe gegen die beiden anderen ausgespielt, aber Hank hatte sich wieder einmal auf die Siegerseite geschlagen.

Ray setzte sich an seinen Schreibtisch und sah zum Telefon. Seine Aussichten waren ziemlich trübe gewesen, bevor man ihm die Stelle des Heimleiters in *Bay Haven* angeboten hatte, und so hatte er sie angenommen, obwohl er sich in beruflicher Hinsicht keine Illusionen mehr machte. Seine Ideale, die ihn einst zur Sozialarbeit geführt hatten, waren unwiderruflich zerstört. Zwei Jahrzehnte Arbeit mit Jugendlichen, denen entweder der Verstand oder der Ehrgeiz fehlte, ihre zweite Chance zu nutzen, waren nicht spurlos an ihm vorübergegangen.

Seine Erfolgsquote hatte sich jedoch seit dem Wechsel nach *Bay Haven* verbessert, und das wussten die begüterten Vorstandsmitglieder sehr wohl zu schätzen. Aber das war keine Entschädigung für die vielen undankbaren Jahre und verpassten Gelegenheiten, eine lukrativere Karriere einzuschlagen. Ray wusste, er hätte ein schlechtes Gewissen haben müssen, weil er seinen Frust an den Jungen ausließ, aber er hatte keins.

Um rasch seinen Bericht über den Neuzugang loszuwerden, griff er zum Telefon und wählte. Er nahm kein Blatt vor den Mund, als er über Todds Leben und die Probleme des Jungen referierte.

»Sehr unbeherrscht und ernst, gibt keinen Millimeter nach, wenn nicht etwas für ihn dabei herausspringt.« Ray blätterte in der Akte, während er den Fall zusammenfasste. »Todd scheint sich für nichts anderes zu interessieren als Systemschädigung und Widerstand gegen jede Autorität.«

»Und wie lautet Ihre Einstiegsbeurteilung?«

»Ich kenne den Jungen noch nicht lange genug, um es mit absoluter Sicherheit sagen zu können«, entgegnete Ray. »Ich glaube, er hat das nötige Potenzial, wenn wir ihn vor störenden Einflüssen schützen.«

»Störende Einflüsse? Jemand vom Personal?«

»Nein, seine Sozialarbeiterin«, antwortete Ray. »Paige Matthews meint es gut, aber Todd hat ihre freundlichen Angebote zurückgewiesen. Allerdings ist sie hartnäckiger als die meisten in der Branche.«

Ray hatte im Grunde nichts gegen Paige. Es gehörte zu ihrem Beruf, sich überall einzumischen, und so war davon auszugehen, dass sie ihm die Arbeit mit Todd erschweren, wenn nicht gar unmöglich machen würde.

»Wir können Paige von dem Fall abziehen lassen«, schlug Ray vor. »Ihr Chef wird sich den Wünschen der wichtigsten Gönner von *Bay Haven* nicht widersetzen.«

»Ich kümmere mich darum.«

Ray wollte noch etwas sagen, da klickte es bereits in der Leitung. Sein Gesprächspartner hatte aufgelegt.

6

»VIEL GLÜCK, PAIGE!« Lila kam mit einem dicken Packen Papier unter dem Arm aus dem Kopierraum. Sie sah genervt aus.

»Ist etwas mit dem Kopierer nicht in Ordnung?« Paige blieb in der Tür stehen.

»Ein Papierstau nach dem anderen!« Lila seufzte. »Mr. Cowan hat den Kundendienst angerufen, aber es kann erst morgen jemand vorbeikommen.«

»Funktioniert die Kiste denn gar nicht?« Paige brauchte unbedingt Kopien von diversen Formularen und Aktenunterlagen. Sie war bereits spät dran und musste die Kopien auf dem Heimweg noch zur Post bringen.

»Wenn du eine Engelsgeduld mitbringst, geht es«, sagte Lila verschmitzt lächelnd. »Ich warte lieber bis morgen, statt für jedes Blatt drei Versuche zu machen.«

»Ich habe keine andere Wahl.« Paige betrat den kleinen Raum und stieß mit dem Fuß die Tür ins Schloss. Sie legte ihre Unterlagen auf den Tisch, hob den Kopiererdeckel und legte ein Blatt mit der bedruckten Seite nach unten auf die Glasplatte.

»Okay, dann wollen wir mal sehen«, murmelte Paige und klappte das Gehäuse des Kopierers an der Seite auf. Sie überprüfte die Einstellungen und drückte auf den grünen Knopf. Mehrere Blätter wurden auf einmal eingezogen und blieben im Papiereinzug stecken.

Als Paige sie herausriss, lief es ihr kalt über den Rücken, als habe ihr jemand von hinten in den Nacken gepustet.

Aber außer ihr war niemand im Raum.

Vielleicht ist Pipers Dämonenabwesenheitsnervosität ja ansteckend, dachte sie und wandte sich wieder der störrischen Büromaschine zu. Da hier eindeutig ein Fall für den Techniker vorlag, beschloss sie, es rasch mit einem Reparaturzauber zu probieren. Sie warf einen Blick durch das Türfenster ins Büro, um zu prüfen, ob die Luft rein war. Obwohl niemand zu sehen war, ließ Paige das Gefühl nicht los, sie werde beobachtet.

Vielleicht liegt es an meinem schlechten Gewissen, überlegte sie. Sie hatte zwar keine Ahnung, wie Leos Chefs aussahen, stellte sich aber vor, wie bärtige alte Männer missbilligend von oben auf sie herabschauten. Da jedoch alle Mitarbeiter im Büro den Kopierer im Grunde dazu benutzten, um Menschen zu helfen, fand Paige, man könne ihr nicht vorwerfen, eigennützig zu handeln, wenn sie das Gerät mit Hilfe einer kleinen Blitzreparatur wieder in Stand setzte.

Wir werden ja sehen, ob sie es mir verübeln, dachte Paige. Sie überlegte sich einen kurzen Spruch, drückte die Daumen und atmete tief durch, bevor sie mit dem Aufsagen begann.

»Richte die Teile in diesem System, denn ich will saubere Kopien sehn!«

Paige fuhr auf, als es in dem Kopierer rumpelte. Sie wirbelte um die eigene Achse, als ihre Unterlagen vom Tisch rutschten.

Argwöhnisch sah sie sich um. Plötzlich kamen ihr die Informationen über den *Wächter der Finsternis* in den Sinn, die sie aus dem *Buch der Schatten* und von ihren Schwester bekommen hatte. Die Widersacher der *Wächter des Lichts* waren vielseitig begabt: Sie konnten mittels Telekinese Gegenstände bewegen, sie konnten Stimmen imitieren und sich unsichtbar machen.

Paige blieb eine Weile in äußerster Alarmbereitschaft, bis Scott den Kopf zur Tür hereinsteckte.

»Bist du bald fertig, Paige?«, fragte er.

»Fünf Minuten.« Paige drückte wieder auf den grünen Knopf. Als das Gerät eine perfekte Kopie ausspuckte, war sie erleichtert und besorgt zugleich.

Hatte sich wirklich irgendetwas in den Kopierraum geschlichen oder wurde sie von der permanenten Bedrohung durch übernatürliche Unbekannte allmählich paranoid?

»Wo ist Leo?«, fragte Phoebe Piper, als sie in den Garten kam. Sie war immer noch nicht mit dem Vernichtungsspruch fertig und hoffte, an der frischen Luft einen klaren Kopf zu bekommen.

»Er fährt die ausgehobenen Rasenstücke zur städtischen Kompostierstelle.« Piper wischte sich mit dem Handschuhrücken den Schweiß von der Stirn.

Mit den schmutzverschmierten Wangen und den Grasflecken auf den Knien sah sie ganz so aus, als habe sie den ganzen Tag im Erdreich gewühlt. An den Fingerspitzen waren ihre Gartenhandschuhe bereits durchgescheuert.

Immerhin beschäftigt sie sich sinnvoll und lässt nicht alles, was sich irgendwo bewegt, erstarren oder in die Luft gehen, dachte Phoebe.

»Ich finde, zu Erde zu werden ist ein passendes Ende für einen Rasen.« Phoebe betrachtete das rechteckige Beet und versuchte sich vorzustellen, wie der Garten einmal aussehen würde, wenn Piper mit ihm fertig war.

»Danach will Leo schnell noch mal nach *Bay Haven*, um nach Todd zu sehen.« Piper fuhr damit fort, dicke Erdklumpen mit einer Hacke zu zerkleinern.

»Bisher ist ihm also noch nichts Merkwürdiges aufgefallen?« Phoebe ging in die Hocke und zupfte ein Grasbüschel aus dem umgegrabenen Erdreich.

»Überhaupt nichts. Die Jungen hatten den ganzen Tag Unterricht.«

Phoebe druckste herum. Obwohl sie keine Kontrolle über ihre Visionen hatte, fühlte sie sich verantwortlich für die durch das Dunst-und-Stein-Phänomen verursachte Ungewissheit.

Zudem war es viel schwieriger, den richtigen Zauberspruch zu schreiben, als sie angenommen hatte. Die Sorge um Leo und die Unsicherheit, ob ihre Visionen noch zuverlässig waren, hatten ihre kreative Energie vollends zum Erliegen gebracht.

»Vielleicht sollte Paige die Kontrollrunde lieber bei Sonnenuntergang machen«, schlug Phoebe vor. Leo hatte bei seinen Besuchen alle drei Stockwerke des Heims erkundet und eine Skizze angefertigt. Daher war das Risiko gering, dass Paige in einen Raum orbte, in dem sich jemand aufhielt.

»Da Paige zur Hälfte *Wächterin des Lichts* ist, will Leo sie so wenig wie möglich in Gefahr bringen«, erklärte Piper und zuckte resigniert mit den Schultern.

Es ist sein Job, uns zu beschützen, dachte Phoebe seufzend. Dennoch hoffte sie angesichts ihrer Vision, dass nicht nur Paige, sondern auch Leo vor Sonnenuntergang nach Hause kam.

Paige sah auf die Uhr am Armaturenbrett, als sie ein paar Blocks von der Post entfernt an die Tankstelle fuhr.

Es war schon nach sechs, weil sie länger im Büro geblieben war, um bei ihrer Suche nach Todds Vater alle Hebel in Bewegung zu setzen. Sie hatte alles getan, was sie tun konnte, und nun musste sie auf Ergebnisse warten, bevor sie weitere Schritte unternahm.

Seufzend hielt sie neben einer Zapfsäule. Die ihr angeborene Fähigkeit, Menschen zu durchschauen, war zwar nicht so ausgeprägt wie Phoebes Möglichkeit, in die Zukunft zu blicken, aber fast ebenso exakt – und ihre eigene Beurteilung stimmte zu hundert Prozent mit Leos Einschätzung überein: Der junge Todd raste blind in eine Einbahnstraße und war drauf und dran, sich die Zukunft zu ruinieren.

Falls es uns nicht gelingt, ihn von den positiven Seiten des Lebens zu überzeugen, dachte sie. Doch diese schwere Aufgabe stand ihnen erst noch bevor, nämlich dann, wenn die Gefahr durch den *Wächter der Finsternis* gebannt war. Dann musste sich Todd seinen inneren Dämonen stellen und sie besiegen.

Paige nahm ihre Kundenkarte zur Hand und ließ die Tasche im Auto, als sie ausstieg. In sozialer Hinsicht missfiel ihr das unpersönliche Bezahlen am Automaten, aber andererseits hatte die schnelle Abwicklung des gesamten Tankvorgangs auch ihren Reiz. Alles, was Zeit sparte, war ein Segen.

Als der Automat ihre Karte angenommen hatte, nahm Paige die Zapfpistole zur Hand, um ihren Wagen für die morgige Fahrt nach *Bay Haven* aufzufüllen.

Beim Warten beobachtete sie die Menschen an der Tankstelle. Ein alter Mann mit Baseball-Kappe stand im Laden an der Theke. Zwei Mädchen kauften ein paar Tüten Chips und Soda-Dosen.

Auf der Rückseite von Paiges Zapfsäule tankte ein Mann im Anzug eine teure Limousine auf. Dabei sah er zu Boden und war ganz auf sein Handygespräch konzentriert.

»Ich weiß, ich habe Billy versprochen, den Termin heute Abend zu schaffen, Claire, aber es ist etwas dazwischengekommen.« Der Mann schüttelte verzweifelt den Kopf. »Und Rickman ist ein wichtiger Kunde.«

Aus dem kleinen SUV, der vor der Limousine stand, kletterte eine Frau. Durch das offene Fenster redete sie auf die zwei Kinder auf der Rückbank ein. Das kleine Mädchen umklammerte mit tränenüberströmtem Gesicht einen abgegriffenen Teddy. Der Junge daneben schmollte.

»Das ist Cassies Bär, Michael«, sagte die Mutter streng. »Hör auf, sie zu ärgern, sonst darfst du nicht fernsehen, wenn wir nach Hause kommen.« Als sie sich umdrehte, um ihre Karte in den Tankautomaten zu schieben, streckte ihr der kleine Junge die Zunge heraus.

Es klickte, und die Anzeige auf Paiges Zapfsäule blieb bei fast zwölf Dollar stehen. Paige nahm die Zapfpistole aus der Tanköffnung und hielt sie fest, während sie den Verschluss zudrehte. Und dann wurde, als sie den Schlauch wieder einhängen wollte, der Metallgriff in ihrer Hand plötzlich ganz heiß.

Das unerklärliche Phänomen weckte in Paige eine böse Vorahnung. Sie reagierte augenblicklich.

Rasch legte sie die Finger um den Türgriff ihres VWs und orbte sich mitsamt dem Wagen ans andere Ende des Parkplatzes. Im gleichen Moment ging ihre Zapfsäule auch schon in Flammen auf.

Ruckartig drehten sich die anderen Kunden an der Tankstelle zu dem Feuer um. Und auf einmal wurde Paige klar, dass sie alle umkamen, wenn die brennende Zapfsäule explodierte. Wieder reagierte sie instinktiv und ohne zu zögern.

»Zapfsäule!«, rief sie, und ihre Stimme wurde von den prasselnden Flammen fast übertönt. Mit einer raschen Bewegung zeigte sie auf ein Gebäude auf der gegenüberliegenden Straßenseite. Im dahinter liegenden Garten befand sich, eingefasst von einem Maschendrahtzaun, ein in den Boden eingelassenes Schwimmbecken. »In den Pool!«

In dem Moment, da die Explosion begann, löste sich die Zapfsäule in einem Lichtwirbel auf. Die Sekunden, die verstrichen, während das Inferno von der Tankstelle ins Wasser orbte, kamen Paige wie eine Ewigkeit vor. Da die Katastrophe bereits ihren Anfang genommen hatte, ging die Zapfsäule in die Luft, kurz bevor sie im Schwimmbecken materialisierte, und eine Fontäne aus Wassertropfen, Flammen und Trümmern stieg in den Himmel.

»Wow! Was zum ...« Der Geschäftsmann staunte nicht schlecht, als es rings um den zerstörten Pool kleine Metall- und Gummifetzen regnete. Dann blickte er auf seine leere Hand, in der er gerade noch die Zapfpistole der brennenden Säule gehalten hatte. Plötzlich dämmerte ihm, wie knapp er dem Feuertod entronnen war.

»Ich bin unterwegs nach Hause, Claire!« Der Mann warf sein Handy ins Auto, sprang hinters Steuer und ließ den Motor an.

Erleichtert beobachtete Paige, wie die Limousine davonbrauste und sich aus der Gefahrenzone entfernte. Da die Zapfsäule weg war, spritzte das Benzin aus den unterirdischen Tanks und begann, sich in einer großen Pfütze auf dem Betonboden zu sammeln.

Auch den anderen Menschen entging die drohende Gefahr nicht.

Die junge Mutter saß bereits am Steuer ihres Wagens und knallte die Tür zu. Krachend legte sie den ersten Gang ein und schoss ruckartig auf die Ausfahrt zu.

Als Paige ins Auto stieg und den Motor anließ, sah sie, wie die Mädchen und der alte Mann aus dem Laden stürzten und auf den Parkplatz des Gebrauchtwagenhändlers nebenan zuliefen.

»Schneller, meine Damen!« Der alte Mann ruderte hektisch mit den Armen. »Die verdammte Tankstelle kann jeden Augenblick in die Luft fliegen!«

»Das ist ja wie im Film!« Das jüngere Mädchen strahlte vor Begeisterung. Obwohl die Kleine um ihr Leben lief, plapperte sie weiter: »Das wird uns niemand glauben, Mandy!«

»Wen kümmert's? Lauf einfach, Donna!«, drängte Mandy keuchend.

Aus der Ferne war Sirenengeheul zu hören.

Nachdem sie sich vergewissert hatte, dass jedermann in Sicherheit war, verließ Paige den Parkplatz und raste die Straße hinunter. Zwei Streifenwagen und zwei Feuerwehrautos kamen ihr mit Blaulicht entgegen. Da die Besten der Stadt schon da waren, musste sie nicht bleiben – im Gegenteil, sie hatte allen Grund von hier zu verschwinden.

Auch wenn Darryl Morris, Freund der Familie und Polizeibeamter, mittlerweile ein Experte darin war, ihre Verbindung zu Verbrechen zu vertuschen, die etwas mit dem Übernatürlichen zu tun hatten, wollte Paige zu diesem Feuerwerk lieber keine Fragen beantworten.

Ich hab selbst jede Menge Fragen!, dachte sie, als sie vor einer Ampel anhielt. Sie hielt das Lenkrad so fest umklammert, dass ihre Fingerknöchel weiß hervortraten. Ihre Beine zitterten wie Wackelpudding.

Hab ich gerade einen üblen Betriebsunfall überlebt, fragte sie sich, oder wäre ich fast einem gezielten Anschlag zum Opfer gefallen?

Der große, schlaksige, schwarz gekleidete Kerl hielt sich im Schatten des Tankstellenshops verborgen. Geistesabwesend betastete er die schartige Narbe, die von seinem Nasenrücken quer über die Wange bis unters linke Ohr verlief. Die alte Verletzung war eine ständige mahnende Erinnerung an die Qualen, die er einst erlitten, an die Widrigkeiten, die er überlebt und die Prüfungen, die er bestanden hatte.

Der Mann, der ihm einst mit einem kurzen Schwert diese Wunde beigebracht hatte, war einen schrecklichen Tod gestorben, und er selbst hatte schließlich das ewige Leben erlangt.

Mit seiner Jahrhunderte alten Erfahrung in der irdischen und magischen Welt konnte ihn fast nichts mehr überraschen. Aber als er in das Büro des *South-Bay-Sozialdienstes* eingedrungen war, um mehr über Todd Cormans Betreuerin herauszufinden, hatte er ganz sicher nicht damit gerechnet zu erfahren, dass Paige Matthews eine Hexe war. Der Zauber, mit dem sie das Kopiergerät repariert hatte, war ein unumstößlicher Beweis für ihre übernatürlichen Kräfte.

Und ganz gewiss war er nicht darauf gefasst gewesen, dass sie sich orbenderweise aus der Gefahrenzone zu retten vermochte, bevor die Zapfsäule in Flammen aufging.

Scar war ebenso wütend wie verblüfft über die unerwartete Entwicklung der Ereignisse, aber er widerstand der Versuchung, einen zweiten Angriff zu wagen. Wäre die Hexe »zufällig« bei einem Explosionsunglück ums Leben gekommen, wäre sie einfach aus Todds Leben verschwunden, ohne die öffentliche Aufmerksamkeit auf *Bay Haven* zu lenken. Aber nun, da sie Fähigkeiten bewiesen hatte, die eine gewöhnliche Hexe eigentlich nicht besaß, waren Informationen wichtiger als der sofortige Tod dieser Person.

Da Scar als *Wächter der Finsternis* eine reine *Wächterin des Lichts* selbst auf kurze Distanz gleich erkannt hätte, konnte es sich bei Paige nicht um einen der Schutzengel handeln, die er ermächtigt war zu töten.

Er hielt entsetzt die Luft an, als Paige die explodierende Zapfsäule mit einer Handbewegung in das Schwimmbecken schleuderte. Einen Augenblick lang starrte er entgeistert auf das Spektakel, bei dem Wasser, Flammen und Trümmer in die Luft geschleudert wurden, während die Sterblichen entkamen.

Es gab nur eine Erklärung für das, was er gerade gesehen hatte. Die Frau hatte die Fähigkeit zu orben mit Sicherheit von einem *Wächter des Lichts* geerbt, und ihre anderen Kräfte von der Hexe, die dieser Wächter beschützte. Als Frucht einer verbotenen Verbindung stellte Paige für Scar eine noch nie dagewesene Abnormität dar.

Seine Hand spannte sich fester um die Armbrust, aber er widersetzte sich dem Verlangen, die scheußliche Kreatur abzuschlachten. Aus noch ungeklärten Gründen war die Sozialarbeiterin des Jungen ein magisches Wesen. Absicht oder Zufall?, fragte er sich. Ob so oder so, ihre Verwicklung in die Geschichte stellte ihn vor Fragen, die er beantworten musste, bevor er dem blutrünstigen Drängen in seinem Innern nachgeben konnte.

Scar musterte die schlanke, gut aussehende Frau eingehend. Ihm entging kein Detail ihres Verhaltens. Paige hatte auf magische Weise die brennende Zapfsäule entfernt, um die anderen Menschen an der Tankstelle zu retten, obwohl sie mit ihrem Handeln Gefahr lief, ihr wahres Wesen zu offenbaren. Erst als alle anderen in Sicherheit waren, stieg sie in ihr Auto und fuhr davon.

Ihr Hauptinteresse galt ohne Frage dem Wohl anderer, stellte Scar fest. Da Paige sich für einen schlecht bezahlten Job in der Sozialarbeit entschieden hatte, war klar, dass Geldverdienen für sie nicht so wichtig war wie Helfen.

Ist sie womöglich dazu bestimmt, nach ihrem Tod *Wächterin des Lichts* zu werden?, fragte sich Scar. Was für Aussichten! Falls sich diese Vermutung als wahr erwies, hatte er das Vergnügen, sie gleich zweimal töten zu können.

Aber jetzt noch nicht!, beschloss er, und ihm fiel ein, was

Ray gesagt hatte. Natürlich würde man diesem *Wächter-des-Lichts*-Mischling nicht gestatten, das Projekt zu gefährden, aber vielleicht konnte man Nutzen ziehen aus ihren Fähigkeiten und ihrer Hilfsbereitschaft dem Jungen gegenüber.

Scar wusste, wo er Paige finden konnte, und so ließ er sie davonfahren. Da ihm die Befriedigung versagt war, sie sofort zu töten, suchte er sich ein anderes Ziel, an dem er seine Zerstörungswut abreagieren konnte.

Er hob die Armbrust, legte einen Pfeil ein und entzündete ihn mit einem Fingerschnippen. Als er zielte und abdrückte, verzog sich sein Mund zu einem grimmigen Grinsen. Dann schlug der brennende Pfeil in eine Zapfsäule ein, die sofort in Flammen aufging und eine ganze Kettenreaktion auslöste. Nach und nach flogen alle übrigen Zapfsäulen, die Betoninseln, das Dach des Gebäudes und schließlich die unterirdischen Benzintanks in die Luft.

Scar löste sich in einen Wirbel aus schwarzer Asche auf und schimmerte davon, als die Tankstelle sich in ein Inferno aus schwarzem Rauch, prasselnden Flammen, heißem Metall und geschmolzenem Glas verwandelte.

Im Wohnzimmer hatte Phoebe es sich in einem Sessel gemütlich gemacht. Ihre Beine baumelten über der Armlehne, während sie die Uhr beobachtete. Cole hatte kurz nach sechs angerufen, um Bescheid zu geben, dass er länger in der Bibliothek bleiben wollte. Sie freute sich darüber, wie ehrgeizig er seine beruflichen Pläne verfolgte, aber wenn er abends erst spät nach Hause kam, war sie immer ein wenig beunruhigt. Er fühlte sich dadurch zwar in seiner Mannesehre gekränkt, aber da er sich stur weigerte einzusehen, dass er als Mensch nicht mehr unsterblich war, blieb ihr gar nichts anderes übrig, als sich Sorgen zu machen.

»Warum verderbe ich mir eigentlich den ganzen Abend, nur weil Cole einen Macho-Komplex hat?«, murmelte sie. Sie steckte das Lesezeichen in das Buch von Paige, legte es auf den Tisch und griff nach dem Telefon.

»Was? Probleme, Phoebe?« Piper saß mit Leo auf dem Sofa. Sie sahen sich die Neun-Uhr-Nachrichten an.

Paige lag mit einem dicken Kissen als Kopfstütze auf dem Boden. Sie sah rasch zu Phoebe hinüber und wandte sich dann wieder dem Fernseher zu.

»Nur das irre Gefasel einer besorgten Hexe«, entgegnete Phoebe und wählte die Nummer von Coles Handy.

»Mach mal lauter.« Paige zeigte auf den Fernseher, als der Bericht über die Tankstellenexplosion begann.

Phoebe ließ das Telefon fallen, schnappte sich die Fernbedienung und drehte die Lautstärke auf.

Paiges Version der Tankstellengeschichte kannten sie schon. Da Darryl noch nicht angerufen hatte, war davon auszugehen, dass die Polizei keinen Verdacht schöpfte und Paige nicht mit dem Vorfall in Verbindung brachte. Aber bevor sie endgültig Entwarnung geben konnten, mussten sie erst noch herausfinden, was die Lokalpresse wusste.

»... wie durch ein Wunder gab es keine Verletzten, als diese Tankstelle heute Abend von zwei Explosionen zerstört wurde.« Die Reporterin vor Ort, eine attraktive junge Frau mit kurzem glattem Haar und einer Garderobe, die so streng war wie ihr Gesicht, drehte sich zur Seite. Die Kamera zeigte rauchende Trümmerberge.

»Brandkatastrophe in San Francisco«, entnahm Piper der Schlagzeile, die die Meldung ankündigte. Darunter lief ein News-Ticker mit den wichtigsten Fakten zur jeweiligen Nachricht.

»Sieht aus, als wäre da nichts mehr zu retten«, bemerkte Leo.

Paige runzelte die Stirn. »Moment mal, hat sie gerade ›zwei Explosionen‹ gesagt?«

Phoebe stellte den Fernseher noch lauter. Nun war wieder die Reporterin zu sehen. Während sie mit ihrem Bericht fortfuhr, schwenkte die Kamera langsam in Richtung des zerstörten Schwimmbeckens auf der anderen Straßenseite.

»Wie mehrere Zeugen berichteten, wurde bei der ersten

Explosion eine Zapfsäule über die vierspurige Straße bis in diesen Swimmingpool dort geschleudert«, erklärte die Reporterin ernst. »Zum Glück war niemand der Bewohner anwesend, und obwohl der Pool völlig zerstört ist, gibt es am Haus nur kleinere Schäden zu beklagen.«

»Na, das ist eine Erleichterung!« Piper sah Paige an. »Die denken, die Zapfsäule wäre aufgrund der Explosion über die Straße katapultiert worden – wie du gehofft hast.«

Und niemand wurde verletzt, dachte Phoebe. Sie war froh, dass Cole nicht an der Tankstelle gewesen war. Da er nun bei Gefahr nicht mehr davonschimmern konnte, wäre er in dem Feuer umgekommen.

»Aber ich habe wieder gehandelt, ohne nachzudenken.« Paige setzte sich auf und umklammerte das Kissen. »Und was, wenn jemand beobachtet hätte, wie mein Auto in einem Lichtwirbel verschwand und woanders wieder auftauchte?«

»Dieser Jemand hätte wahrscheinlich seinen Augen nicht getraut«, beschwichtigte Phoebe sie. »In Stress-Situationen blendet das Gehirn oft alles aus, was man nicht sofort erklären kann.«

Phoebe hatte sich im Rahmen ihres Psychologiestudiums auch mit Augenzeugenberichten beschäftigt. Die Aussagen von Zeugen extremer Gewaltsituationen wiesen häufig Lücken und Fehler im Hinblick auf das beobachtete Ereignis auf.

»Gott sei Dank!« Paige ließ das Kissen los und verfolgte stirnrunzelnd den Fortgang der Nachrichten.

». . . die zweite Explosion, von der die restlichen Zapfsäulen und der Tankstellenshop zerstört wurden, ereignete sich nur wenige Minuten später.« Zum Schluss ihres Berichts erschien die Reporterin wieder auf dem Bildschirm. »Ursache kann ein Leck in einem der Benzintanks oder ein Kurzschluss gewesen sein, aber momentan wissen die Behörden noch nicht, was diese Detonation auslöste. Rosalyn Stuart, live aus . . .«

Phoebe stellte den Ton ab. »Kommt das sonst noch jemandem merkwürdig vor?«

»Was? Dass niemand bemerkt hat, wie Paige georbt ist?«, fragte Piper verwundert.

»Nein, ich meine die Vermutung, dass es sich um einen Unfall handelt«, stellte Phoebe klar. Von irrationaler Paranoia konnte keine Rede sein! Die *Zauberhaften* gerieten nur äußerst selten in gefährliche Situationen, bei denen es sich um ganz gewöhnliche Unfälle handelte. »Was, wenn Paige das Ziel des Angriffs war?«

»Das ist mir auch schon durch den Kopf gegangen«, sagte Paige, »aber ich mache mir viel mehr Gedanken um den *Wächter der Finsternis*, den du in unserer Zukunft gesehen hast.«

»Besonders in Leos Zukunft.« Piper schauderte. »Das ist die Rache, weil ich mich über die lange Pause in Sachen Dämonenaktivität beschwert habe, statt die freie Zeit zu genießen – ein *Wächter der Finsternis*, der es auf meinen Mann abgesehen hat!«

»Ein *Wächter der Finsternis* stellt auch für Paige eine Bedrohung dar.« Phoebe schwang die Beine von der Sessellehne.

»Aber warum sollte ein *Wächter der Finsternis* die Mühe auf sich nehmen, sie in die Luft zu jagen, wenn er sie einfach mit seiner Armbrust erledigen könnte?« Leo nahm den Arm von Pipers Schulter, stützte das Kinn auf die gefalteten Hände und kniff nachdenklich die Augen zusammen.

»Damit wir nicht draufkommen, dass ein *Wächter der Finsternis* dahinter steckt?« Phoebe sprach aus, was ihr als Erstes in den Sinn kam.

»Aber dann könnte er sich nicht mit den Lorbeeren für diesen Mord schmücken.« Leo schüttelte den Kopf. »Nicht sehr wahrscheinlich.«

»Leo hat Recht«, bemerkte Piper. »Jeder halbwegs qualifizierte Dämon, der dachte, er könne uns erledigen, hat uns einfach direkt angegriffen.«

Phoebe wunderte sich über die himmelschreiende Arroganz ihrer finsteren Widersacher. Manche von ihnen waren auf Ruhm aus, während andere die sagenumwobene Macht der *Zauberhaften* einfach unterschätzten – den überwältigenden Beweisen für ihre enormen magischen Fähigkeiten zum Trotz. Interessante Nebensächlichkeiten, aber gänzlich am Thema vorbei!, rügte sie sich.

»Dann war es also wirklich nur ein Unfall?« Sie sah Leo fragend an.

»Ganz sicher sein können wir nicht, aber es ist wahrscheinlich«, entgegnete Leo. »Die zweite Explosion fand statt, als Paige die Tankstelle schon verlassen hatte. So gesehen hatte die Sache wohl nichts mit ihr zu tun.«

»Vielleicht«, sagte Piper, »aber wenn man bedenkt, wie ruhig es in den letzten Tagen an der Dämonenfront war, sollten wir die Möglichkeit eines übernatürlichen Angriffs nicht ganz ausschließen.«

»Darf *ich* mal was sagen?«, fragte Phoebe, ohne wirklich eine Antwort zu erwarten. »Selbst wenn wir die ganze Nacht hier herumsitzen und uns überlegen, was alles sein könnte, sind wir morgen immer noch nicht schlauer.«

»Stimmt«, sagte Paige und nickte. »Und besser schlafen kann man von dem ganzen Gerede auch nicht.«

»Da hast du Recht, aber ich glaube, um den Beunruhigungsfaktor geht es Phoebe gar nicht.« Piper schmiegte sich enger an Leo.

»Der Punkt ist doch«, fuhr Phoebe fort, »wenn irgendjemand uns alle oder einen von uns auf dem Kieker hat, dann wird derjenige es noch einmal probieren. Und wir können im Augenblick nichts tun, außer wachsam zu sein.«

»Ganz ohne Hinweise stehen wir aber nicht da.« Paige zog die Knie hoch und schaukelte ein wenig vor und zurück. »Dass ich bei dem großen Feuerwerk dabei war, mag Zufall gewesen sein, aber deine Vision, also Leos bevorstehende Konfrontation mit einem *Wächter der Finsternis*, ist bestimmt keiner.«

»Nun ja.« Phoebe krümmte sich innerlich. »Du sagst es.«

Eine unmittelbar bevorstehende Katastrophe anzukündigen war immer eine heikle Sache, aber sie war noch viel bedrückender, wenn es in der Botschaft um die direkte Bedrohung eines Familienmitgliedes ging. Dennoch: Gefahr erkannt, Gefahr gebannt!, dachte Phoebe. Immerhin hatte sie Leo mit ihrer Vision gewarnt, und er konnte nun nicht mehr blind in sein Unglück laufen.

»Mit einem *Wächter der Finsternis* bin ich bislang noch immer fertig geworden«, sagte Leo.

»Und es ist höchste Zeit, dass ich mir auch mal einen vorknöpfe!« Paige schleuderte das Kissen von sich, als werfe sie sämtliche Unsicherheiten über Bord.

Phoebe nahm ihrer Schwester die zur Schau gestellte Unerschrockenheit nicht ab. Paige fürchtete sich vor den Wesen der Finsternis, die Jagd auf *Wächter des Lichts* machten und sie töteten. Die Schwester würde sich von dieser Angst nicht unterkriegen lassen – davon war Phoebe überzeugt –, aber es war wichtig, Paiges Gefühle nicht außer Acht zu lassen.

Schweigend und unsichtbar stand Scar in der Ecke, beobachtete und lauschte.

Angesichts des Gesprächsthemas und der Informationen, die er erhalten hatte, hätte er zu keinem günstigeren Zeitpunkt in das Haus eindringen können, um den Hexen nachzuspionieren.

Bei den drei Frauen handelte es sich mitnichten um Wochenend-Hexen mit einem Faible für die magischen Künste. Sie waren die *Zauberhaften*, die mächtigsten Hexen aller Zeiten.

Und sie waren sich der drohenden Gefahr durch einen *Wächter der Finsternis* bewusst.

Als er begriff, um wen es sich handelte, hatte Scar sich im ersten Moment dafür verflucht, Paige nicht gleich an der Tankstelle getötet zu haben. Aber dann erkannte er, dass seine Entscheidung zu warten richtig gewesen war. Andernfalls hätte er sich mit unnötigen Komplikationen herumschlagen müssen, denn die beiden anderen Schwestern hätten wahrscheinlich versucht, Paiges Tod zu rächen.

Nun wusste er, wie das Schicksal der *Zauberhaften* mit seinem eigenen und dem des Jungen verknüpft war, und konnte gezielt gegen die Einmischung der Frauen und gegen die *Macht der Drei* vorgehen.

Und darüber hinaus das Ableben von zwei *Wächtern des Lichts* in meine Pläne einbauen, dachte er, als er aus dem Halliwell'schen Haus verschwand.

7

VON EINEM BAUM AUS BEOBACHTETE SCAR, wie Ray vier Jungen auf die Wiese führte, die zwischen der gepflegten Gartenanlage des Hauses und dem Wald lag.

Sein Sehvermögen wurde von der Dunkelheit kaum beeinträchtigt, obwohl er nicht über die Fähigkeit zur Nachtsicht verfügte. Aber er zog wichtige Schlüsse aus der Art, wie sich die jungen Menschen bewegten und wie sie auf die Nacht-und-Nebel-Aktion reagierten.

»Stehen bleiben!«, befahl Ray streng. Es lag nicht ein Hauch von Freundlichkeit in seiner Stimme, und seine Haltung war fast militärisch streng.

Die vier Jungen blieben abrupt stehen, aber damit hörten ihre Gemeinsamkeiten auch schon auf.

Scar hatte Ray angewiesen, seine Schützlinge mitten in der Nacht aus ihren Betten zu holen und ohne ein Wort der Erklärung nach draußen zu führen. Die Art und Weise, wie jeder von ihnen auf unerwartete, unangenehme Ereignisse reagierte, war der erste Eignungstest.

»Mir ist kalt.« Ian Gregory schlang die Arme um den Oberkörper und zog den Kopf ein. Seine geduckte Haltung verriet, wie unwohl er sich fühlte. »Ich glaube nicht, dass es im Gefängnis …«

»Halt die Klappe!«, schnauzte Ray ihn an.

Scar war nicht überrascht, als Ian die Lippen zusammenpresste und den Heimleiter mit großen Augen anstarrte. Ians Abneigung gegen körperliche Ertüchtigung war deutlich an seinem massigen, schlaffen Körper abzulesen. Aber der Grund, warum er als Kandidat für Scars Projekt nicht in Frage kam, war ein anderer: Der Junge war ein Jammerlappen, der zu schnell klein beigab.

»Weichei!« Unvermittelt boxte Tyrell Weans dem rothaarigen Ian in den Magen, der einen überraschten Schrei ausstieß. Lachend tänzelte Tyrell sodann um ihn herum und holte erneut aus.

»Nicht!« Ian hob schützend die Arme vors Gesicht.

Bevor Tyrell noch einmal zuschlagen konnte, trat Ray von hinten an ihn heran und packte ihn an den Armen.

»Willst du wohl stillstehen!«, bellte Ray.

»Lassen Sie mich los!« Tyrell wand seinen dünnen Körper und versuchte sich loszureißen. Je fester Ray ihn hielt, desto heftiger wehrte er sich.

Angewidert von Tyrells Mangel an Vernunft und Selbstdisziplin verzog Scar das Gesicht. Der Teenager hatte keine Chance, sich aus Rays Umklammerung zu befreien, und war viel zu sehr in Rage, um nachzudenken und planvoll vorzugehen. Tyrell hätte die Machtprobe gewinnen können, indem er stillstand, wie der Heimleiter befohlen hatte, und sich befreite, sobald Ray den Griff lockerte. Ein Junge ohne logisches Denkvermögen war für Scars Zwecke nutzlos.

Als Tyrell endlich aufhörte sich zu wehren, ließ Ray ihn los und schubste ihn ein Stück fort.

»Trottel!«, zischte Ian seinem Peiniger zu.

Beleidigt holte Tyrell aus, um Ian dafür eine zu verpassen. »Was hast du gesagt?«

»Hört doch auf, Leute«, schaltete sich da der Jüngste ein. Als Opportunist, der ohne Zögern von einer Seite zur anderen überlief, wenn ihm das einen Vorteil verschaffte, hatte Hank Marcos nie auf Scars Liste der potenziellen Kandidaten gestanden.

»Halt's Maul, Hank«, knurrte Tyrell.

Hilfe suchend drehte sich Hank zu dem vierten Jungen um, der ein Stück von der Gruppe entfernt stand. »Mach, dass sie aufhören, Todd.«

Der *Wächter der Finsternis* sah an Hank vorbei zu Todd Corman. Der neue Junge war trotz der späten Stunde, der nächtlichen Wanderung und der Streitereien völlig gelassen. Aufrecht stand er mit ausdruckslosem Gesicht da und wirkte kühl und distanziert.

»Das ist nicht mein Problem, Hank.« Todd zuckte mit den Schultern.

»Wenn sich die Idioten prügeln, dürfen wir alle nicht fernsehen«, zischte Hank.

»Fünf Runden um den Platz«, befahl Ray und beendete damit die Diskussion. »Alle, und zwar sofort!«

»Fünf!?« Ian sackte förmlich in sich zusammen.

Tyrells Augen blitzten auf. »Vergessen Sie's!«

»Gut, dann zehn«, entgegnete Ray.

»Ganz toll, Tyrell«, knurrte Ian und setzte sich schwerfällig in Bewegung.

Scar fiel auf, dass Todd sofort losgelaufen war. Hank heftete sich an seine Fersen. Falls es Todd etwas bedeutete, dass der Jüngere zu ihm aufsah, oder er sauer war, weil Tyrell und Ian mit ihrer Renitenz die Rundenzahl noch erhöht hatten, so zeigte er es nicht. Sein misanthropisches Verhalten und die selbst gewählte Isolation waren nur zwei Eigenschaften von vielen, die ihn zum Spitzenkandidaten für die Rekrutierungsmaßnahme des *Wächters der Finsternis* machten.

Wahrhaft selbstlose Menschen wurden nach ihrem Tod *Wächter des Lichts* und diejenigen mit einem Herz aus Stahl und einer gewissen Gnadenlosigkeit wurden *Wächter der Finsternis*. Scar hatte sich im Ruhm seines gewalttätigen Lebens als Gladiator gesonnt und den Tod furchtlos akzeptiert. Seine nachfolgende Existenz als Unterweltagent in Sachen Hass und Zerstörung war die Belohnung für die Schmerzen und das Leid, die er über die Arena gebracht hatte.

Als die Jungen an Scars Beobachtungsposten vorbeikamen, legte Todd einen Sprint ein, um den Abstand zu den anderen zu vergrößern.

»Warte auf mich!«, rief Hank atemlos, aber Todd lief weiter, ohne sich umzudrehen.

Sie bedeuten ihm nichts, stellte Scar fest. Seine dunklen Augen funkelten, und in seinem Blick lag Anerkennung für den Schützling, den er schon bald rekrutieren würde. Rays erste Einschätzung hatte sich als richtig erwiesen. Der Waisenjunge entsprach hundertprozentig Scars Kandidatenprofil.

Ein seltener Fund!, dachte Scar. Die meisten jungen Kriminellen von der Straße eigneten sich nicht als zukünftige *Wächter der Finsternis*. Die Geschichte der Menschheit war zwar voll von schrecklichen Untaten unbarmherziger Tyrannen, aber es gab nur wenige Männer, die durch und durch skrupellos waren und auch den letzten Rest Güte verloren hatten. Von diesen musste man noch die geisteskranken Größenwahnsinnigen abziehen. Die immense Macht der Unterwelt durfte auf keinen Fall unberechenbaren Persönlichkeiten anvertraut werden.

Im alten Rom war Scar unter dem Namen »Stratorius der Beständige« berühmt geworden. Mit seiner kriegerischen Abstammung und geprägt von der Unversöhnlichkeit des Gladiatorenlebens war er zu einem durch und durch bösen Wesen geworden und erfüllte die Bestimmung, für die er geschaffen worden war.

Die Städte des einundzwanzigsten Jahrhunderts waren vergleichsweise jämmerliche Talentschmieden. Dennoch wollte Scar mit Hilfe einiger ausgewählter Jugendlicher, aus denen man Erwachsene machen konnte, die ein mörderisches, blutrünstiges Leben führten, eine Armee von *Wächtern der Dunkelheit* schaffen, die ihm loyal ergeben war.

Eine Elitetruppe, wie sie die Unterwelt noch nie gesehen hat ... Scar ballte entschlossen die Hand zur Faust.

Weil *Wächter der Finsternis* von Natur aus zu autark und arrogant waren und ihr ganzes Streben ausschließlich darauf ausrichteten, das Böse zu bewahren und *Wächter des Lichts* zu töten, war eine effektive Zusammenarbeit zwischen ihnen kaum möglich. Folglich hatte es in der Unterwelt nie eine eigenständige, konkurrenzfähige Truppe aus *Wächtern der Finsternis* gegeben – eine Nische, die Scar vorhatte, zu besetzen.

Wächtern der Finsternis, die schon frühzeitig darauf

gedrillt worden waren, ihn als Anführer zu respektieren, konnte es gelingen, die *Wächter des Lichts* ein für alle Mal auszulöschen.

Über die Jahrtausende hatten schon einige davon geträumt, die *Wächter der Lichts* auszurotten. Viele hatten es versucht, aber keinem war es gelungen.

Ich werde nicht scheitern!, dachte Scar und beobachtete, wie die Jungen am anderen Ende des Platzes an Ray vorbeiliefen. Eine Niederlage kam für ihn nicht in Frage. Noch nie war es jemandem gelungen, Stratorius zu besiegen, den Liebling Roms bei den Spielen im ersten Jahrhundert nach Christus. Am Ende hatten ihn drei Löwen mit ihren Krallen und Zähnen zur Strecke gebracht.

Gut eintausendneunhundert Jahre später erinnerte sich Scar immer noch lebhaft daran, wie die Menge seinen Namen gerufen hatte, als er zum letzten Mal ins Kolosseum eingezogen war …

»Stra-to-ri-us! Stra-to-ri-us!«

Gemessenen Schrittes betrat Stratorius der Beständige die neue große Arena, die das Stadtbild von Rom dominierte. Staubiger Sand bedeckte seine Sandalen, und der schale Gestank vergangener Kämpfe beleidigte seine Nase. Heute, bei seinem letzten Auftritt zu Ehren Roms und zum Vergnügen der aufgepeitschten Menge, trug er weder Rüstung noch Waffen.

Als freier Mann hatte er sich kühn über den Befehl des Kaisers hinweggesetzt, Gnade walten zu lassen, und den wertvollsten Gladiator des Herrschers mit einem einzigen trotzigen Schwerthieb abgeschlachtet.

Zur Strafe war der bislang unbesiegte Stratorius dazu verurteilt worden, den unehrenhaften Tod eines Sklaven zu sterben – nicht durch den Speer oder das Schwert eines Mannes, sondern in den Fängen wilder Raubkatzen.

Während Scar aufmarschierte, zerrten die Bestien an den Ketten, mit denen sie an Steinsäulen festgebunden waren.

Die Löwen hatten drei Tage nichts zu fressen bekommen und gierten brüllend und mit gefletschten Zähnen danach, ihn in Stücke zu reißen. Er ignorierte sie und erinnerte sich an die Triumphe seines Lebens. Selbst der Kaiser konnte ihm seinen glühenden Stolz nicht nehmen.

Im Alter von zwölf Jahren war er gefangen und versklavt worden, aber durch seine standhafte Weigerung, sich unterzuordnen, war er ein schlechter Sklave gewesen. Mit seinem ungestümen Wesen hatte er sich jedoch als idealer Trainingspartner für die Gladiatoren seines Herrn erwiesen. Außer ihm selbst waren alle von seiner natürliche Begabung überrascht, durch die er sich immer wieder der Verletzung durch erfahrenere und stärkere Männer entziehen konnte. Schließlich hatten ihm seine Körperkraft und sein sturer, trotziger Charakter die Stellung eines Gladiators eingebracht.

Stratorius blieb in der Mitte des Kolosseums stehen und sah zu den Tausenden, die gekommen waren, um ihn sterben zu sehen.

Er hatte dem Kaiser den Rücken zugewandt und richtete das Wort an die Menge. »Ich habe für euch gekämpft!« Seine Stimme hallte durch das Rund, als er die Faust in den Himmel streckte. »Und ich werde für euch sterben!«

Das schaulustige Volk erhob sich und jubelte. »Stra-to-ri-us! Stra-to-ri-us!«

Er hatte sich die Bewunderung und Achtung aller erworben. Angetrieben von glühendem Ehrgeiz hatte er es innerhalb von zwei Jahren intensiven Trainings zu überragender Kraft und Geschicklichkeit gebracht. Mit siebzehn hatte er seinen ersten Gladiatorenkampf bestritten.

Sein Gegner hatte ihm das Schwert durchs Gesicht gezogen, und er hatte dem Mann dafür einen Speer ins Herz gestoßen.

Seitdem hatte er viel und gut gekämpft und seine Freiheit erlangt, weil er fünf Jahre lang die Spiele überlebt hatte. Doch auch als freier Mann hatte er, weil er eben nichts anderes gelernt hatte, weiter als Gladiator gekämpft.

Nun berührte er, wie er es jedes Mal vor einem Kampf tat, die Narbe, die sein Gesicht verunstaltete. Allein sein Name hatte die Männer, die durch sein Schwert umgekommen waren, bereits vor Angst erzittern lassen. Bei den Löwen war das anders. Die Tiere hatten nichts anderes im Sinn, als ihren großen Hunger zu stillen.

Stratorius der Beständige straffte die Schultern und blieb mit erhobenem Haupt stehen, als die Bestien von ihren Ketten befreit wurden. Er würde den Kampf nicht überleben, aber er konnte verhindern, dass der Kaiser seine Rachegelüste befriedigte, indem er ihn demütigte.

So wich er weder zurück, noch kämpfte er gegen die Löwen an, als sie sich auf ihn stürzten. Er stand seinen Mann und nahm den Tod mit derselben Ruhe und Unerschütterlichkeit an, wie er es sein Leben lang mit allen Dingen getan hatte, die unabwendbar waren.

Als er starb, dröhnte ihm sein Name in den Ohren.

»Stra-to-ri-us! Stra-to-ri-us!«

Und nachdem er in der Unterwelt wieder erwacht war, akzeptierte er sogleich sein außergewöhnliches Schicksal. Er war gesund, und alle Wunden waren verheilt – bis auf die Narbe im Gesicht, seinem Erkennungszeichen aus dem früheren Leben. Dieser Makel sowie sein Name sollten ihn als mahnende Erinnerung fortan begleiten.

Weder das Leben noch der Tod hatten ihm etwas anhaben können. Er war für alle Zeiten unbesiegbar.

Paige saß auf dem Speicher im Schaukelstuhl und beobachtet, wie Piper wieder im *Buch der Schatten* blätterte. Leo stand hinter ihr, massierte seiner Frau den Nacken und spähte ihr über die Schulter.

Paige, Piper und Phoebe waren zum Schlafen viel zu aufgedreht gewesen und gleich nach den Nachrichten wieder auf den Dachboden gegangen. Nach einem kurzen Kontrollbesuch in *Bay Haven* war Leo wenige Minuten später dazugekommen. Die Nachricht, dass Todd und die anderen Jungen brav in ihren Betten lagen und schliefen, hatte Paige beruhigt – bis zu einem gewissen Grad jedenfalls.

Nun war es bereits nach Mitternacht. In den vergangenen zwei Stunden waren sie alles noch einmal durchgegangen, was sie vor und während der Nachrichten besprochen hatten. Wie Phoebe vorausgesagt hatte, waren sie dadurch jedoch keinen Deut schlauer als vorher.

»Hat denn die unsichtbare Hand irgendwas reingeschrieben, seit wir das letzte Mal nachgesehen haben?«, fragte Phoebe, die mit dem Notizblock in der Hand im Schneidersitz auf dem Boden saß. Gelegentlich ergänzten die Geister der Halliwells das *Buch der Schatten* immer wieder um neue Seiten und Passagen, die nützliche Informationen für die Schwestern enthielten.

»Nein.« Piper antwortete ohne aufzusehen und blätterte weiter. »Wie kommst du voran?«

»Unsere Muse muss auf Urlaub sein.« Phoebe klopfte mit dem Stift auf den Block.

»Wo liegt denn das Problem?«, fragte Leo.

»Schreibblockade, aber macht euch keine Sorgen! Ich verspreche, der Vernichtungsspruch ist fertig, wenn wir ihn brauchen.« Phoebe steckte das Bleistiftende mit dem Radiergummi wieder in den Mund und kaute nervös darauf herum.

Paige konnte sehr gut nachempfinden, warum Phoebe so frustriert war. Durch ihre Vision waren sie überhaupt erst auf die Bedrohung durch den *Wächter der Finsternis* aufmerksam geworden. Und da sie mit dem Zauberspruch zu dessen Vernichtung nicht weiterkam, hatte sie vermutlich das Gefühl, ihre Schwestern gleich doppelt zu enttäuschen. In diesem Punkt irrte Phoebe natürlich, aber wie die meisten Psychologen sah sie, wenn es um die eigene Person ging, den Wald vor lauter Bäumen nicht.

Paige konnte das sehr gut nachvollziehen, denn mit Todd erging es ihr ähnlich. Sie war zwar nicht schuld an seinen Problemen, aber seit ihr der Fall übertragen worden war, fühlte sie sich für alles verantwortlich, was mit ihm in Zusammenhang stand. Sie zog die Visitenkarte aus der Tasche, die sie dem Jungen hatte geben wollen, seufzte und wippte mit dem Schaukelstuhl vor und zurück.

»Kummer?« Leo blickte von Phoebe zu Paige.

»Ich mache mir nur Sorgen um Todd«, antwortete Paige.

»Im Allgemeinen, oder weil er dabei sein wird, wenn Leo und der *Wächter der Finsternis* gegeneinander kämpfen?« Piper klappte das Buch zu, ließ sich auf einen Stapel Kissen sinken und zog Leo an ihre Seite. Sie rieb sich den Rücken. »An der Stelle bin ich auch total verspannt.«

»Rückenmassage ist meine Spezialität.« Leo lockerte mit einer übertriebenen Geste seine Finger.

»Beides vermutlich«, antwortete Paige auf Pipers Frage und brachte das Gespräch damit wieder auf Todd. Zum einen wollte sie eine qualifizierte Meinung zu dem Jungen hören, und zum anderen hoffte sie, Phoebe fand wieder auf die richtige Fährte, wenn sie ein paar Minuten von dem Zauberspruch abgelenkt wurde. »Aber da *Wächter der Finsternis* junge Menschen eigentlich nicht angreifen, überwiegt wohl die allgemeine Sorge.«

»Was stimmt denn nicht mit ihm?« Phoebe ließ Stift und Block in ihren Schoss fallen.

»Das musst du mir sagen.« Paige zeigte den anderen die Visitenkarte, auf deren Rückseite sie ihre Privatnummer notiert hatte. »Ich wollte ihm meine Nummer geben, damit er nicht denkt, ich lasse ihn im Stich.«

»Und warum hast du sie ihm nicht gegeben?«, fragte Piper.

»Todd wollte sie nicht nehmen.« Seufzend legte Paige die Karte auf den Tisch neben dem Schaukelstuhl. »Ich dachte, er finge an, mir zu vertrauen, aber er hat sich von mir abgewendet, als wolle er mich loswerden.«

»Ich glaube, das trifft nicht zu«, sagte Phoebe.

»Was dann?« Paige sah ihre Schwester hoffnungsvoll an. Phoebe hatte bisher zwar nur theoretische Kenntnisse in Psychologie erworben, aber ihr war ein intuitives Verständnis für das menschliche Wesen gegeben, das weit über jede praktische Erfahrung hinausging.

»Sein Verhaltensmuster mit emotionalen und zerstörerischen Ausbrüchen«, begann Phoebe und listete Todds Vergehen auf, »also Weglaufen, Dinge zerstören, möglichst viel Ärger machen – legt die Vermutung nahe, dass er unbewusst diejenigen auf die Probe stellen will, die ihm nicht egal sind.«

»Was will er denn auf die Probe stellen?« Piper blickte skeptisch drein. »Die Toleranzschwelle eines durchschnittlichen Erwachsenen?«

Phoebe schüttelte den Kopf. »Vielleicht sucht Todd jemanden, der ihn so sehr liebt, dass er ihn nicht im Stich lässt, egal, was er auch anstellt.«

Paige runzelte die Stirn und dachte über Phoebes Theorie nach. Die Anmerkungen zu seinem Verhalten, die in den fünf Jahren, die Todd in Pflegefamilien zugebracht hatte, in seine Akte eingetragen worden waren, schienen diese Theorie zu bestätigen.

»Ich glaube, da ist was Wahres dran, Phoebe.« Paige stand auf und fing an, auf und ab zu gehen. »Von seiner ersten Pflegefamilie an war es immer das Gleiche: Alles war in Ordnung, solange Todd sich eingewöhnte. Und dann verwandelte er sich urplötzlich und brachte Schrecken und Chaos über die Familie.«

»Wahrscheinlich immer, wenn er begann, sich wohl und akzeptiert zu fühlen«, ergänzte Phoebe.

»Aber wenn doch alles in Ordnung war und er die Zuneigung der Leute wollte, warum hat er das dann immer wieder kaputtgemacht?« Leo sah seine Schwägerin verständnislos an.

»Vielleicht, weil er dem Frieden nicht traute und einen Beweis brauchte, an den er sich klammern konnte. Er ... ähm ...« Phoebe zögerte und holte tief Luft. »Er hat vielleicht sogar das Gefühl, seine Mutter habe ihn im Stich gelassen, als sie starb.«

Piper entging die kaum merkliche Veränderung von Phoebes Stimmung nicht. »Hast du auch dieses Gefühl gehabt, Phoebe? Dass unsere Mutter uns im Stich gelassen hat, meine ich?«

»Nein.« Phoebe sah ruckartig auf. »Du etwa?«

Die Frage überraschte Piper, aber sie antwortete ohne zu zögern. »Nein, denn sie ist ebenso wenig mit Absicht gestorben wie Todds Mutter.«

»Das ist wahr.« Phoebe lächelte, um die Spannung zu vertreiben, die in der Luft lag. »Aber Todd war zu jung, um diesen Verlust richtig zu verarbeiten.«

»Du warst noch jünger«, bemerkte Piper, als brauchte sie eine endgültige Bestätigung dafür, dass Phoebe keinen unbewussten Groll gegen ihre Mutter hegte.

»Zu jung, um es zu verstehen.« Phoebe beugte sich vor und drückte Pipers Hand. »Aber ich hatte eine Familie – eine Großmutter und Schwestern, die mich genauso liebten wie ich sie.«

»Todd hat niemanden«, sagte Paige leise.

Sie selbst hatte sich schrecklich einsam gefühlt, als ihre Adoptiveltern umgekommen waren. Und verantwortlich für den Unfall, obwohl sie daran keine Schuld traf. Der plötzliche Tod der Mutter musste eine ebenso tief greifende, traumatische Wirkung auf die Psyche des damals sieben Jahre alten Todd gehabt haben.

»Hat sich bei der Suche nach Todds Vater schon etwas ergeben?«, fragte Leo.

»Noch nicht.« Paige runzelte besorgt die Stirn.

»Aber es gibt immerhin Hoffnung«, meinte Phoebe. »Der Vater ist vielleicht der einzige Mensch auf der Welt, der eine wichtige Veränderung in Todds Leben bewirken kann.«

»Zum Guten oder zum Bösen«, bemerkte Paige. »Vielleicht will Brian Jamieson seinen Sohn ja gar nicht anerkennen!«

»Eine derartige Zurückweisung könnte wirklich negative Auswirkungen haben.« Phoebe blickte nachdenklich in die Runde. »Die meisten Menschen bleiben von einer solchen Erfahrung verschont, aber im Prinzip kann im Leben eines jeden Menschen etwas eintreten, das ihn völlig aus der Bahn wirft – so sehr, dass er an einen Punkt kommt, von dem an es kein Zurück mehr gibt.«

Paige nickte. »Und bei Todd könnte dieses Etwas der geheimnisvolle *Wächter der Finsternis* sein.«

Als Todd die zehnte Runde um den Platz begann, schmerzten seine Beine und er rang heftig nach Atem. Er stolperte über einen Stein und wäre fast gestürzt, konnte sich im letzten Moment jedoch fangen. Noch nie war er so müde gewesen, aber er würde um keinen Preis aufgeben. Eher wollte er auf allen vieren durchs Gras ins Ziel kriechen, als Ray Marino die Genugtuung zu verschaffen, ihn kleingekriegt zu haben.

Angespornt von seiner Entschlossenheit mobilisierte Todd neue Energien und lief an seinem jüngeren Mitstreiter vorbei. Diesmal ließ sich Hank, der offenbar beleidigt war, wortlos überholen.

Sehr gut, dachte Todd, als er rasch zu Ian und Tyrell hinübersah. Die beiden älteren Jungen lagen eine halbe Runde hinter ihm zurück und wurden immer langsamer.

»Ian! Tyrell! Bewegung!«, brüllte Ray. »Wir gehen erst wieder rein, wenn alle fertig sind.«

Die beiden Jungen legten einen Zahn zu, konnten das beschleunigte Tempo jedoch nur für ein paar Sekunden halten.

Todd fragte sich, ob Ray auch auf Hank Druck ausüben würde. Seit sie losgelaufen waren, hatte der Heimleiter sich auf die beiden Unruhestifter konzentriert und Todd und den Jüngeren in Ruhe gelassen. Mit etwas Glück hatte Ray vielleicht nicht genau verfolgt, wie viele Runden Hank gelaufen war.

Plötzlich merkte Todd, wie sich seine Nackenhaare aufrichteten. Ihn überkam das unheimliche Gefühl, dass ihn jemand vom Wald aus beobachtete. Wütend schüttelte er sein Unbehagen ab. Nur weil es dunkel war, ließ er sich von seiner

Phantasie Streiche spielen! Im Wald gab es nichts außer Vögeln, Insekten und kleinen Säugetieren.

Ray ist der Einzige, vor dem ich mich grusele, dachte Todd. Die kalte Gelassenheit, die er ausstrahlte, ängstigte ihn mehr als sämtliche wütenden, brüllenden Pflegeväter, die er je gehabt hatte. Aus diesem Grund hatte er noch lange über Rays Worte nachgedacht. Wenn man von allen gefürchtet wurde, legte sich niemand mit einem an.

»Wenn man eine Situation beherrschen will, muss man alle Beteiligten manipulieren«, hatte Ray gesagt, »aber die erfolgreiche Manipulation anderer beginnt mit Selbstbeherrschung.«

Todd fand diesen Rat äußerst wertvoll, obwohl er vermutete, dass Ray allen Neuankömmlingen diesen Spruch aufs Auge drückte, damit sie sich zusammenrissen. Ray war ein tougher Kerl, aber er respektierte jeden, den er für genauso tough hielt.

Dann muss ich eben noch tougher und cleverer sein, beschloss Todd und biss die Zähne zusammen, weil ihn heftiges Seitenstechen plagte. Um sich den Heimleiter vom Halse zu schaffen, durfte er sich nicht ständig mit ihm anlegen wie Ian und Tyrell es taten. So zu tun, als sei er kooperativ, war möglicherweise die bessere Methode.

Für den Moment wollte Todd sich damit begnügen, alles zu tun, was Ray befahl – ohne zu zögern oder Fragen zu stellen. Das konnte jemandem, der gern Kids schikanierte, den Wind aus den Segeln nehmen. Und so würde sich Ray früher oder später langweilen und wieder beginnen, auf Ian und Tyrell herumzuhacken.

Das hoffte Todd jedenfalls. Besser die als ich!, dachte er. Erschöpft und ausgelaugt blieb er nach Beendigung der zehnten Runde stehen, stemmte die Hände auf die Knie und beugte sich heftig nach Atem ringend vor.

Ray sah ihn an. »Hast ja lange genug gebraucht!«

Todd nickte. »Nächstes Mal …«, japste er, »laufe ich schneller. Versprochen.«

Knurrend richtete Ray seinen Blick auf Hank, der schnaufend herangetrödelt kam. »Noch zwei Runden, Junge!«

Aus lauter Angst traute sich Hank nicht zu antworten. Hilfe suchend sah er Todd an.

»Du kannst laufen, gehen oder kriechen«, fuhr Ray fort, »aber du wirst deine Runden beenden, Hank – und wenn du die ganze Nacht dafür brauchst. Leute, die zu schnell aufgeben, bringen es im Leben zu nichts!«

Todd sah Hank an. Der Jüngere hatte ihm mit Sicherheit so schnell die »Freundschaft« angeboten, um sich damit besser gegen Ian und Tyrell verteidigen zu können, die gnadenlos auf ihm herumhackten. Solange diese Allianz ihm nicht zur Belastung wurde, war Todd bereit mitzuspielen.

Allerdings nicht, wenn Ray im Spiel war.

»Du hast gehört, was der Mann gesagt hat«, bemerkte er harsch. »Geh!«

Hank zögerte, dann seufzte er und trottete weiter.

Todd registrierte aus dem Augenwinkel, wie Ray ihn beobachtete. Der Mann sollte um keinen Preis glauben, dass er für Hank etwas übrig hatte. Wenn Ray den Verdacht schöpfte, jemand liege ihm am Herzen, konnte er diese Schwäche nutzen und sie als Druckmittel einsetzen.

Dazu wird es nicht kommen, schwor sich Todd. Im Alter von zehn hatte er einen herumstreunenden Hund aufgelesen und sein damaliger Pflegevater hatte ihm erlaubt, ihn zu behalten. Und als er sich mit Sparky angefreundet hatte, hatte der Alte die Drohung, ihm den Hund wegzunehmen, ständig als Druckmittel gegen ihn eingesetzt. Schließlich hatte Todd so viel Angst um Sparky gehabt, dass er sich genötigt sah, selbst ein neues liebevolles Zuhause für ihn zu suchen.

Damals hatte er sich geschworen, nie wieder jemanden in sein Herz zu lassen. Wenn er Gefühle zeigte, bekamen seine Feinde nur noch mehr Macht über ihn.

»Nimm Haltung an, während du wartest, Todd!« Ray stand breitbeinig da und hatte die Hände auf dem Rücken verschränkt. »Wie ich.«

Todd gehorchte kommentarlos.

»Selbstdisziplin«, sagte Ray noch, bevor er sich umdrehte, um Ian und Tyrell anzubrüllen, die gerade ihre Runden beendet hatten und keuchend zusammenbrachen.

Todd starrte in den Wald, verdrängte Rays harsche Worte und bestärkte sich innerlich in seiner Entschlossenheit. Eigentlich war es schade, dass er Rays schlauen Spruch nicht schon viel früher gehört hatte. Er hatte Wutanfälle bekommen, war weggelaufen und hatte Dinge kaputtgemacht, weil er den anderen hatte zeigen wollen, wie er sich fühlte.

Und das hat überhaupt nichts gebracht, dachte Todd. In den vergangenen fünf Jahren hatte ihm kein Erwachsener jemals *wirklich* zugehört. Alle hatten sie ihn im Stich gelassen, weil er ihnen zu schwierig war.

Todds einziger Trost war, dass er nicht ewig ein Jugendlicher bleiben würde, den die Leute herumschubsen konnten. Eines Tages würden sie dafür büßen, ihn verletzt zu haben – auch Paige. Einen Augenblick lang hatte er gedacht, sie sei anders als die anderen Sozialarbeiter, die er kennen gelernt hatte. Er hatte gedacht, es sei ihr nicht gleichgültig, was mit ihm geschah.

Mann, da habe ich mich gründlich geirrt!, murmelte Todd wütend vor sich hin und verfluchte sich dafür, fast auf die Frau hereingefallen zu sein. Niemand, dem ernsthaft etwas an ihm lag, hätte ihn zu einem Mann wie Ray gebracht!

Weiß Paige überhaupt, dass man hier mitten in der Nacht Runden laufen muss?, fragte sich Todd. Vielleicht hätte er ihre Visitenkarte doch nehmen sollen, besonders, da sie sogar ihre Privatnummer auf die Rückseite geschrieben hatte. Zu spät!, dachte er und seufzte.

Als auch Hank endlich fertig war, durften sie zurück ins Haus. Todd war todmüde und hielt den Blick zu Boden gerichtet, weil er sich darauf konzentrieren musste, einen Fuß vor den anderen zu setzen. Als sie von Ray durch einen Torbogen in einen von Mauern eingefassten Hof geführt wurden, sah er überrascht auf. Sie hatten das Haus durch die Hintertür in der Küche verlassen.

»Wo sind wir hier?«, fragte Hank mit zittriger Stimme.

Todd sah sich in der gespenstischen Kulisse um.

Sie befanden sich offenbar an der Rückseite des Hauses, unterhalb dessen der viereckige Hof in den steil abfallenden Hügel eingelassen war. Wie Todd vermutete, gelangte man von diesem Hof durch die große hölzerne Flügeltür in der Mauer vor ihnen in das Kellergeschoss des Gebäudes.

Die vier Meter hohen Mauern aus dicken Steinblöcken waren mit einem Gewirr abgestorbener Ranken überzogen. Wasser lief in kleinen Rinnsalen durch die Ritzen in den moosbedeckten Steinen, und auf dem Boden, der mit einer dicken Laubschicht bedeckt war, bildeten sich Pfützen. Als Überbleibsel eines einst prächtigen Gartens zierten nur noch ein paar abgestorbene Pflanzenreste die großen steinernen Pflanzenkübel. Ein toter Baum in der Mitte reckte seine kahlen Äste in den Sternenhimmel, als bete er darum, aus seinem Grab gehoben zu werden. Triste Steinbänke und die Statue eines Hirsches ohne Kopf machten das trostlose Ambiente perfekt.

»Klasse Location für eine Halloweenparty«, meinte Tyrell.

»Ja«, stimmte ihm Ian zu. »Wenn du Ghuls und Geister einladen willst.«

»Wie ich schon sagte, klasse ...« Tyrell unterbrach sich abrupt, als Ray die schwere Tür öffnete. Das Knarren der rostigen Angeln hallte laut durch die nächtliche Stille.

Hank schnappte nach Luft und griff nach Todds Arm.

»Finger weg!« Mit einem raschen Seitenblick auf Ray schüttelte Todd Hanks Hand ab und trat ein Stück zur Seite.

Ian wich entsetzt zurück. »Da gehe ich aber nicht als Erster rein.«

Todd blickte in einen düsteren Gang, der nur von einer nackten Glühbirne beleuchtet wurde. An den Wänden und der Decke hingen dicke Spinnweben. Weiter hinten war es stockdunkel. Irgendwo tropfte Wasser.

»Ich gehe.« Als Todd den Durchgang betrat, glaubte er, ein Lächeln auf Rays Gesicht erkannt zu haben. Was immer das zu bedeuten hatte, war vergessen, als ihm ein feuchter, beißender Verwesungsgeruch entgegenschlug. Er hielt die Luft an und beschleunigte seine Schritte.

Ian, der hinter Todd hergestolpert war, sank auf alle viere, als sie in einen muffigen Keller kamen. »Ich muss kotzen!«

»Mach's in den Ausguss da!« Todd zeigte auf die beiden Waschbecken unter einem kleinen, schmutzigen Fenster an der rechten Wand. Daneben befand sich eine große Waschmaschine mit Trockner.

Nachdem er sich kurz umgesehen hatte, fühlte Todd sich in seiner Theorie über den Durchgang zum Kellergeschoss des Hauses bestätigt. Rohre und Leitungen liefen unter der Decke entlang und an der gegenüberliegenden Wand standen Regale mit Konserven und allem möglichen Gerümpel. Unter einer Holztreppe waren Kisten und Truhen verstaut. Das trübe Licht von zwei nackten, verstaubten Glühbirnen verstärkte die unheimliche Atmosphäre.

»Die Dusche ist hier!« Ray zeigte auf eine gekachelte Nische von zwei mal drei Metern. Vier Duschköpfe und Wasserhähne waren an der linken Seite angebracht. »Erst duschen, dann schlafen!«

Tyrell schaute in die Nische. »Da ist ja gar keine Seife.«

»Die braucht ihr nicht.« Ray trat in die Duschecke und drehte die Wasserhähne auf.

Es gab nur kaltes Wasser, stellte Todd fest.

»Ist auch egal.« Tyrell zog sein T-Shirt aus. »Ich will nur ganz schnell wieder ins Bett und zig Milliarden Stunden schlafen.«

»Ich auch!« Ian stürzte sich unter die Dusche und schrie auf. Rasch sprang er wieder heraus. »Das ist ja eiskalt!«

»Ohne zu duschen geht keiner ins Bett«, sagte Ray.

Obwohl Hank noch gar nicht unter dem Wasser war, klapperte er mit den Zähnen. »Wie lange?«

»Drei Minuten.« Ray sah Todd an, als die anderen drei sich widerwillig unter die Dusche stellten.

Todd erwiderte trotzig seinen Blick.

Er hatte zwar gerade erst beschlossen zu kooperieren, aber plötzlich war ihm seine Selbstachtung wichtiger als der Wunsch, Rays Zorn zu entkommen.

»Nur derjenige, der sich über körperliches Missbehagen hinwegsetzen kann, ist nicht beherrschbar«, erklärte Ray in demselben sachlichen Tonfall wie seine Anmerkung über Manipulation.

Tyrell fluchte unter der Dusche.

Ian stampfte mit den Füßen und rieb sich schnatternd vor Kälte die Arme.

Hank hatte die Augen fest zugekniffen und biss die Zähne zusammen.

In diesem Augenblick fragte sich Todd, ob die nächtliche Quälerei vielleicht eine Art sadistischer Test war, den Ray sich ausgedacht hatte, um die Weicheier von den harten Jungs zu trennen. Wenn dies der Fall war, bekleckerten sich die anderen nicht gerade mit Ruhm. Sie kamen gerade so durch.

Da er keine andere Wahl hatte, zog Todd sich aus. Er wollte schließlich nicht, dass Ian und Tyrell ihn fertig machten, weil er zu stolz oder zu feige war, kalt zu duschen.

Abgesehen davon hatte Ray wieder einmal Recht, so ungern Todd es auch zugab. Jemanden, den man nicht einschüchtern konnte, konnte man auch nicht brechen. Er würde einfach an etwas anderes denken, um das eiskalte Wasser auszuhalten.

Schweigend trat Todd unter den betäubend kalten Wasserstrahl und blieb mit hängenden Armen stehen. Er war entschlossen, sich von der Kälte nichts anhaben zu lassen, richtete seinen Blick auf eine gesprungene Kachel und konzentrierte sich darauf, einen Ausweg aus seiner Misere zu finden.

Er dachte an Paige, den einzigen Menschen, der ihn aus *Bay Haven* befreien konnte.

8

»HALLO RAY! PAIGE MATTHEWS HIER.«

Als Paige im Büro angekommen war, hatte sie eine Nachricht von Ray auf ihrem Anrufbeantworter vorgefunden. Er hatte ihren Ein-Uhr-Termin in *Bay Haven* abgesagt. »Ich war überrascht, von Ihnen zu hören, dass ich Todd heute nicht besuchen kann.«

Der Kontrollbesuch war ein Bestandteil des üblichen Verfahrens, wann immer ein Jugendlicher in eine neue Obhut kam. Die Sozialarbeiter-Besuche wurden zwar manchmal wegen unvorhergesehener Terminschwierigkeiten verschoben, aber Paige musste Todd unverzüglich aufsuchen. Abgesehen von der bevorstehenden übernatürlichen Bedrohung für den Jungen fand sie Phoebes Theorie bezüglich Todds emotionaler Abkapselung – weil es niemanden gab, der bedingungslos zu ihm hielt – ziemlich plausibel.

»Tut mir Leid, dass ich Ihnen so kurzfristig absagen musste«, erklärte Ray. »Es war hier heute Morgen ein wenig hektisch. Wir haben jemanden vom Erziehungsministerium da, der den Jungs diese Leistungsprüfung abnimmt.«

»Dann ist Todd ja gerade rechtzeitig zu Ihnen gekommen.« Paige beschloss, es mit einem konstruktiven Vorschlag zu probieren. »Ich könnte mir auch den Spätnachmittag freihalten, um vorbeizukommen und mit Ihnen die Testergebnisse zu besprechen.«

»Auch auf die Gefahr hin, meine Grenzen zu überschreiten, halte ich das nicht für eine gute Idee.« Ray seufzte, als wolle er nicht aussprechen, was ihm durch den Kopf ging.

Macht er sich Sorgen um mein Ego oder verbirgt er etwas vor mir?, fragte sich Paige.

»Todd und ich sind ein paar Mal aneinander geraten«, erklärte Ray, »aber er ist schon darüber hinweg. In Anbetracht seines Hintergrunds hat er sich bemerkenswert schnell eingewöhnt.«

Paige nickte. Was Ray sagte, deckte sich zwar mit Leos Beobachtungen, aber sie war dennoch besorgt. Todd hatte sich bislang immer unauffällig verhalten, wenn er in eine neue Umgebung gekommen war. Das war also nichts Neues.

»Alles, was nicht zur normalen Routine gehört, könnte den Gewöhnungsprozess an das neue Umfeld gefährden«, fuhr Ray fort. »Todd war bisher immer nur in Pflegefamilien, noch nie in einer Einrichtung mit festen Regeln und Vorschriften.«

»Ja, ich verstehe, was Sie meinen«, log Paige. »Halten Sie mich einfach über seine Fortschritte auf dem Laufenden!«

Ihr zog sich der Magen zusammen, als sie auflegte. Obwohl Rays Argumente logisch klangen, hatte sie ein ziemlich ungutes Gefühl bei der Sache. Aus beruflicher Sicht konnte sie es sich nicht leisten, den Heimleiter von *Bay Haven* zu verärgern. Andererseits durfte sie sich nicht allein auf seine Beurteilung des Jungen verlassen, ohne persönlich nach dem Rechten gesehen zu haben.

Paige war es nicht angenehm, hinter Rays Rücken Nachforschungen anstellen zu müssen, aber er hatte ihr keine andere Wahl gelassen. Wenn sie herausfand, dass in *Bay Haven* irgendetwas nicht in Ordnung war, konnte die Jugendfürsorge ganz offiziell ein Verfahren einleiten, um die Missstände beheben zu lassen.

Paige erledigte einige Telefonate, um einen Morgentermin auf den Nachmittag zu verlegen, und machte sich einen entsprechenden Vermerk in ihren Kalender. Den Eintrag für ihren Termin in *Bay Haven* radierte sie indes nicht aus.

Falls sich jemand fragt, wo ich bin, wird er denken, ich mache meinen offiziellen Kontrollbesuch, dachte Paige und ging zur Tür. Dass sie zum Spionieren ins Heim orbte, darauf kam wohl niemand.

Um Zeit zu sparen, steuerte Paige ihren Wagen nicht nach Hause. Stattdessen fuhr sie auf den Parkplatz des Einkaufszentrums, wo ein abgestelltes Auto keine Aufmerksamkeit erregte. Sie parkte den VW-Käfer in einer entlegenen Ecke, sah sich um, ob niemand in der Nähe war, und versteckte sich hinter dem Wagen. Sie verfügte zwar nicht über den Luxus, sich wie Leo unsichtbar machen zu können, aber immerhin hatte ihr Schwager nach seiner Erkundung des Heims wichtige Informationen geliefert. Sie konzentrierte sich auf die zweite Etage, in der die Klassenzimmer waren, und orbte in einen Abstellraum

Obwohl die Wahrscheinlichkeit, dass ausgerechnet in diesem Augenblick jemand hereinkam, äußerst gering war, materialisierte Paige mit äußerster Wachsamkeit. In dem trüben Licht, das durch ein hohes schmales Fenster in den Raum fiel, vergewisserte sie sich, ob noch jemand im Raum war, und nahm sich genügend Zeit, um sich zu orientieren.

Paige hatte Sonny Hendricks, den Heimlehrer, noch nicht persönlich kennen gelernt, aber sein Ruf eilte ihm voraus. Die sorgfältig geordneten Kisten mit Schulbedarf und Büchern auf den Regalen waren ein Spiegel seiner engstirnigen, kleinlichen Persönlichkeit.

Vorsichtig öffnete Paige die Tür einen Spaltbreit, blickte in den leeren Korridor und lauschte. Nur das Rascheln von Papier und gedämpftes Husten störten die morgendliche Stille.

Paige rief sich Leos Beschreibung der zweiten Etage in Erinnerung und wagte sich ein Stückchen weiter vor. Da die gegenüberliegende Tür offen stand, blickte Paige direkt in den Unterrichtsraum.

Todd und zwei andere Jungen saßen über die Prüfungsunterlagen gebeugt an ihren Schreibtischen. Falls noch ein vierter Junge im Raum war, musste er weiter rechts sitzen, wo ihn Paige aus ihrer Perspektive nicht sehen konnte.

Ein Mann in einem dunklen Pullover und mit einer auffälligen Narbe im Gesicht saß vorn an einem großen Pult. Da Leos Beschreibung von Leo Hendricks nicht auf ihn passte, nahm Paige an, es handele sich um den Beamten vom Erziehungsministerium, den Ray erwähnt hatte.

Der Mann sah von seinem Buch auf und warf einen prüfenden Blick in die Runde, bevor er sich wieder seiner Lektüre widmete.

Todd richtete sich auf, um sich am Nacken zu kratzen, dann beugte er sich wieder über den Tisch und kritzelte weiter. Wenn es im ganzen Haus so friedlich zuging wie in diesem Raum, dann war in *Bay Haven* wirklich alles in bester Ordnung.

Als Paige leise die Tür des Abstellraums schloss, kam sie sich ein wenig albern vor, weil sie Ray Marino misstraut hatte. Allerdings nur ein *wenig*, denn für die *Zauberhaften* war es allemal klüger, Vorsicht walten zu lassen, statt sich auf falsche Vermutungen zu stützen. Immerhin ging es um Menschenleben.

Daher beschloss Paige, sich genauer in dem Heim umzusehen. Leos detaillierte Informationen über die Dienstpläne des Personals und den Grundriss des Hauses waren zwar sehr hilfreich, aber kein Ersatz für eigene Beobachtungen.

Vierzig Minuten später hatte Paige herausgefunden, dass Ray und der Lehrer in ihren Büros am Computer arbeiteten, der Koch kochte und der Hausmeister den Rasen mähte.

Da es Todd offensichtlich gut ging und alles in Ordnung schien, wollte sie ihre Zeit lieber darauf verwenden, nach dem Vater des Jungen zu suchen. Paige schlich sich in den Besprechungsraum und verließ *Bay Haven* in einem Wirbel aus Licht.

»Eine halbe Stunde!«

Scar schritt zwischen den Schreibtischen zur Tür. Die Jungen schienen zu spüren, dass er eine wichtige Person war, nicht bloß ein Lehrer. »Kommt pünktlich zurück!«

Scar blieb in der Tür stehen und sah sich um. Er hatte die Gruppe gerade in die Pause entlassen, aber die widerlichen kleinen Rangen waren so verängstigt, dass sie sich nicht rührten, solange er noch im Raum war.

Niemand außer Todd hatte es gewagt, ihm in die Augen zu

sehen. Nur für eine Sekunde zwar, aber das genügte ihm als Beweis. Der Junge hatte Rückgrat.

»Wer zu spät kommt«, sagte Scar mit seiner tiefen, bedrohlichen Stimme, »wird es bitter bereuen.«

Todd sah ihn wieder an. In seinen braunen Augen glomm die berechnende Wut eines in die Enge getriebenen Raubtiers, das auf den richtigen Moment für den Angriff wartet.

Scar erwiderte den Blick, bis der Junge wegsah. Dann drehte sich der *Wächter der Finsternis* um und rauschte den Korridor hinunter.

Sonny Hendricks, ein jämmerliches Exemplar von einem Mann, kam in ein Buch vertieft aus seinem Büro. Als er aufsah und Scar erblickte, drückte er sich flach gegen die Wand.

Scar knurrte ihn im Vorbeigehen an, und Sonny hastete eilig zurück in sein Büro. Die Tür knallte ins Schloss und der Riegel wurde vorgeschoben, als der *Wächter der Finsternis* bereits auf der Treppe war und davonschimmerte. Als er vor dem Schreibtisch im Erdgeschossbüro materialisierte, fuhr Ray erschreckt auf.

»Haben Sie mich nicht erwartet?« Über Scars Verachtung für seinen menschlichen Partner lag ein Hauch von Sarkasmus.

»Ich habe erwartet, dass Sie wie alle anderen durch die Tür kommen«, schnappte Ray. »Was, wenn jemand vom Personal oder einer der Jungen sieht, wie Sie einfach so aus dem Nichts auftauchen?«

Scar runzelte die Stirn. »Halten Sie mich für so leichtsinnig?«

»Nein, natürlich nicht.« Ray hüstelte, als habe er erkannt, was für ein Fehler es war, Scars Handeln auf irgendeine Weise infrage zu stellen.

Nicht zum ersten Mal dachte Scar darüber nach, ob er vielleicht einen weniger anstrengenden menschlichen Partner hätte finden können. Wahrscheinlich nicht, dachte er.

Als sein Beschluss feststand, eine eigene *Wächter-der-Finsternis*-Truppe zu formieren, hatte er sofort begonnen, sich in der irdischen Welt nach einer Quelle für junge Rekruten umzusehen. Bei der Suche stellte sich rasch heraus, dass die nahe liegenden Möglichkeiten allesamt ungeeignet waren. Die armen, verlassenen und hoffnungslosen Seelen, die auf den Straßen der Dritten Welt herumlungerten, waren zwar recht clever, in ihrer Wildheit jedoch unbezähmbar. Mit Verbrechen wie Diebstahl, Mord und Betrug sicherten sie ihr Überleben. Scars Rekruten hingegen mussten eine von den Grundbedürfnissen unabhängige, natürliche Neigung zur Grausamkeit besitzen.

Die Jungen indes, die in Erziehungsheimen landeten, hatten mit ihrem asozialen, oft böswilligen Verhalten das zurückgewiesen, was die zivilisierte Gesellschaft an Vorzügen zu bieten hatte. Doch um sie rekrutieren zu können, war Scar auf menschliche Hilfe angewiesen. Und so hatte er für dieses Unterfangen jemanden gesucht, der skrupellos war und käuflich dazu.

Bay Haven war für seine Zwecke ideal, denn das privat finanzierte Heim für straffällig gewordene Jungen unterlag nicht der strengen staatlichen Aufsicht. Wichtiger war jedoch, dass Ray Marino der Leiter des Heims war. Die Ideale, mit denen er einst in der Jugendlichenrehabilitation angetreten war, hatte er mittlerweile über Bord geworfen. Nach zwanzig Jahren Arbeit mit Jugendlichen, denen entweder der Verstand oder der Ehrgeiz fehlte, die Chance zu nutzen, die er ihnen zu geben versuchte, war Ray bestens für Scars Zwecke geeignet. Geld hatte den Handel dann perfekt gemacht.

»Wie laufen die Prüfungen?«, fragte Ray.

Scar ärgerte sich über den plumpen Versuch des Heimleiters, von seiner Taktlosigkeit abzulenken, doch er ließ sich nichts anmerken. »Todd hat ein außergewöhnliches Konzentrationsvermögen und zeigt gesunden Respekt gegenüber Autoritäten. Aber das hindert ihn nicht daran, seine Grenzen auszutesten und sie nach Möglichkeit auszudehnen.«

»Richtig.« Ray verpasste dem Katzenkorb, der neben dem Schreibtisch stand, einen Tritt. Das Tier darin fauchte. »Ich hab endlich diese streunende Katze gefangen, die Hank reingelassen hat.«

Ray hatte Scar von dem Zwischenfall mit Paige Matthews, dem Jungen und der Katze berichtet. Ray hatte so getan, als sei die Katze ein langjähriges Haustier, und damit bewusst sowohl bei der jungen Frau als auch bei Todd einen falschen Eindruck entstehen lassen. Die Sozialarbeiterin dachte nun, Todd hätte das Tier gequält – und Todd wiederum fühlte sich von jemandem zu Unrecht verdächtigt, dem er gern vertraut hätte. Natürlich hatte der Junge der Katze nichts getan. Das verwilderte Biest war ihnen schon seit Tagen immer wieder entwischt und hatte sich von niemandem einfangen lassen.

»Sie hat ausgedient«, bemerkte Scar.

»Chuck nimmt sie später mit zum Teich«, sagte Ray.

»Warum so kompliziert?« Scar war jedes Mal aufs Neue erstaunt darüber, wie unnötig schwer man sich die Lösung einfacher Probleme im einundzwanzigsten Jahrhundert machte. »Drehen Sie dem Vieh doch einfach den Hals um oder lassen Sie es verhungern!«

»Ein ausgezeichneter Vorschlag.« Ray nickte, machte aber keine Anstalten, etwas zu unternehmen.

Verärgert trat Scar gegen den Katzenkorb und wollte gerade das Gittertürchen öffnen, um dem Leben des Tieres ein Ende zu machen, als das Telefon klingelte. Er ging an den Apparat. »Ja bitte?«, fragte er mit verstellter Stimme.

»Ist dort der *South-Bay-Sozialdienst?*«, fragte eine Jungenstimme am anderen Ende. Es war Todd.

Scar warf Ray einen triumphierenden Blick zu und lächelte. Was dem Heimleiter an Blutrünstigkeit fehlte, machte er mit seinem technischen Sachverstand wieder wett. Ray hatte die Telefonanlage des Heims so eingestellt, dass abgehende Anrufe, die ohne Eingabe eines bestimmten dreistelligen Codes getätigt wurden, automatisch in sein Büro umgeleitet wurden.

»Ja, hier ist der *South-Bay-Sozialdienst*«, bestätigte Scar. »Mit wem kann ich Sie verbinden?«

»Mit Paige Matthews«, antwortete Todd atemlos. Ob sein gehetzter Tonfall von extremem Stress oder körperlicher Ertüchtigung herrührte, wusste Scar nicht. Dennoch war die Findigkeit des Jungen bewundernswert.

Scar drückte auf den Knopf für die Stummschaltung, und Ray ging an die Wand mit den Kontrollgeräten. »Todd versucht, diese Matthews zu erreichen.«

Ray drückte ein paar Knöpfe und trat zurück, als Todd auf einem der Monitore erschien. Ray zeigte auf die geschlossene Tür zum angrenzenden Büro. »Er ist gleich nebenan. Die Nummer hat er wahrscheinlich aus dem Telefonbuch.«

Dieser Junge ist voller Überraschungen, dachte Scar und nahm das Gespräch wieder auf. Es gehörte viel Mut dazu, einen verbotenen Anruf direkt vor der Nase des Heimleiters zu tätigen.

»Paige Matthews«, flötete Scar gut gelaunt in den Hörer, indem er Paiges Stimme perfekt imitierte.

»Hier ist Todd, Todd Corman in *Bay Haven*.« Der Junge sprach abgehackt. »Sie müssen mich hier rausholen.«

»Das wird leider nicht möglich sein, Todd.« Scar ersetzte Paiges fröhlichen Tonfall durch einen geschäftsmäßigen, fast unbeteiligten. »Du hättest an die Konsequenzen denken sollen, bevor du sämtliche Pflegeeltern vergrätzt hast. Jetzt kann ich dir leider auch nicht mehr helfen.«

»Aber dieser Ray hat uns mitten in der Nacht aus dem Bett geholt und uns Runden laufen lassen«, sagte Todd. Eine Spur von Verzweiflung lag in seiner Stimme. »Danach mussten wir im Keller eiskalt duschen!«

»Hast du die Erlaubnis, dieses Telefonat zu führen?«, fragte Scar mit Paiges Stimme.

»Nein, aber Ray ...«

»Hör mir zu, Todd, und hör mir gut zu.« Scars Fähigkeit, Stimmen nachzuahmen, war ideal, um Paiges Glaubwürdigkeit komplett zu untergraben. »Wenn du Lügen über Mister Marino verbreitest, landest du nur noch schneller im Jugendgefängnis.«

»Aber ich ...«

»Ich bin sehr beschäftigt, Todd. Ruf mich bitte nicht wieder an!« Damit legte Scar auf und sah zur Tür zum angrenzenden Zimmer hinüber.

Todds Wutschrei hallte durch das gesamte Erdgeschoss. Noch bevor der gellende Ton erstarb, begann er bereits, das kleine Büro auseinander zu nehmen.

Scar beobachtete die Zerstörung auf dem Überwachungsmonitor und staunte darüber, wie viel Zorn in einem so jungen Menschen stecken konnte. Als Ray einen Schritt auf die Tür zuging, um dem Jungen Einhalt zu gebieten, hielt ihn Scar am Arm fest.

»Aber er macht alles kaputt«, protestierte Ray. »Er lässt seine Wut permanent an allem aus, was zerbrechlich ist.«

»Das spielt keine Rolle«, entgegnete Scar. »Ein neuer *Wächter der Finsternis* wird soeben geboren.«

Ein tiefes Knurren drang aus Todds Kehle, als er das Telefonkabel aus der Wand riss und den Apparat durch das geschlossene Fenster warf. Schnaufend und mit zusammengebissenen Zähnen fegte er sämtliche Bücher von einem Regal und schleuderte die leeren Regalbretter zu Boden. Er packte die Stehlampe und schmetterte sie so lange gegen den Schreibtisch, bis nur noch Scherben und lose Drähte übrig waren. In seiner von Hass geschürten Raserei machte der Junge vor nichts Halt.

Scar hatte unterschätzt, wie sehr das Leben Todd bereits vergiftet hatte. Ob er nun tatsächlich von der Welt verlassen und schlecht behandelt worden war oder ob dies nur sein Eindruck war –, der Junge hatte auf jeden Fall das Vertrauen in jeden und alles verloren. Und nun dachte er, auch Paige habe ihn im Stich gelassen, und wurde dadurch einmal mehr daran erinnert, dass sich niemand dafür interessierte, was aus ihm wurde.

Scar nickte zufrieden. War die Saat der Verderbtheit erst einmal in der Seele eines Menschen aufgegangen, konnte das Böse in kürzester Zeit alle noch vorhandenen Elemente des Guten verdrängen.

Der Junge hörte auf herumzutoben, blieb stehen und starrte auf das Fenster, das er eingeschlagen hatte. Als sein Atem wieder ruhiger ging, wich der jugendliche Glanz in seinen Augen einem hasserfüllten Funkeln.

Hass auf Paige oder auf jedermann?, fragte sich Scar, als ihm klar wurde, was für ein Potenzial sich hinter dem Wutausbruch des Jungen verbarg.

Scar hatte ursprünglich geplant, junge Männer zu erziehen und auf ihre Rolle als *Wächter der Finsternis* vorzubereiten, die sie als Erwachsene nach ihrem Tod einnehmen sollten. Aber angesichts der Intensität von Todds Rage kam ihm eine weitaus heimtückischere Idee.

Ein kleiner Junge in der Rolle eines *Wächters der Finsternis* konnte sich als außerordentlich schlagkräftige Waffe im Kampf gegen die *Wächter des Lichts* erweisen. Gutgläubig und naiv wie sie waren, ließen sie sich nur zu leicht von einem unschuldig anmutenden Erscheinungsbild täuschen und würden ein Kind viel näher an sich heranlassen, als es die Vorsicht gebot.

»Todd ist bereit, sich uns anzuschließen«, erklärte Scar.

»Aber er ist doch schon bei uns«, entgegnete Ray und runzelte die Stirn, als ihm klar wurde, dass Scar sich nicht auf die Unterbringung des Jungen in *Bay Haven* bezogen hatte. Ein Anflug von Grauen erschien in seinem eingefallenen Gesicht. »Sie meinen, Todd soll schon jetzt ein *Wächter der Finsternis* werden?«

Scar nickte. »So schnell wie möglich.«

Ray erblasste. »Aber … dann stirbt er, oder?«, brachte er nur mühsam hervor.

»Nur den Tod eines Sterblichen«, entgegnete Scar verächtlich. »Wenn er wieder erwacht, ist er unsterblich.«

»Aber es gibt keine Garantie dafür, dass Todd die Kriterien erfüllt, um *Wächter der Finsternis* werden zu können, besonders, da er noch so jung ist.« Ray sah zu dem Kontrollmonitor. Todd war nicht mehr in dem angrenzenden Büro, das aussah, als sei ein Tornado der Stärke fünf hindurchgefegt.

Keine Garantie – über dieses Problem hatte Scar schon häufig nachgedacht. Da die schlagkräftige Kohorte aus *Wächtern der Finsternis*, die ihm vorschwebte, auf Loyalität angewiesen war, mussten seine Kandidaten den Mächten des Bösen zusagen, denn sie waren für Stellung und Macht verantwortlich. Er war zwar zuversichtlich, Jungen wie Todd für die dunkle Seite gewinnen zu können, aber das reichte unter Umständen nicht aus, um sie in den Stand eines *Wächters der Finsternis* zu erheben. Doch dafür hatte Scar bereits eine elegante – wenn auch theoretische – Lösung gefunden:

Diejenigen, die Scar für seine *Wächter-der-Finsternis*-Elitetruppe auswählte, konnten sich möglicherweise ihrer zukünftigen Aufgabe würdig erweisen, indem sie Menschen töteten, die alle Voraussetzungen für einen *Wächter des Lichts* mitbrachten. Mit Todd als seinem ersten Versuchsobjekt wollte Scar diese Hypothese überprüfen.

Zudem sah der ehemalige Gladiator für sich die einmalige Gelegenheit, noch einen Schritt weiter zu gehen.

Menschen waren zwar nicht dazu fähig, *Wächter des Lichts* zu töten, aber Todd konnte sein Schicksal in die Hand nehmen, indem er jemanden tötete, in dessen Adern das Blut eines *Wächters des Lichts* floss.

Paige zum Beispiel.

»Weißt du vielleicht, wo ich meine Brieftasche gelassen habe?« Cole blieb vor der Kommode stehen und klopfte seine Taschen ab.

»Mal überlegen.« Phoebe saß mit einem Kissenberg im Rücken auf dem Bett. Sie schloss die Augen und legte die Fingerspitzen an die Schläfen. Dann kniff sie die Augenbrauen zusammen, als müsse sie sich konzentrieren, und fragte: »Hast du schon in der Hose nachgesehen, die du gestern anhattest?«

Coles Blick flog zu dem Kleiderhaufen, den er am Abend zuvor auf den Boden geworfen hatte. Phoebe hatte schon im Bett gelegen und gelesen, als er endlich aus der Universitätsbibliothek nach Hause kam. Er war so müde gewesen, dass er eingeschlafen war, sobald er sich auf dem Bett ausgestreckt hatte.

Phoebe hob eine Augenbraue, als Cole seine zerknitterte Hose aufhob und das Portemonnaie in der Gesäßtasche fand.

Mit gespielter Empörung fragte er: »Du hältst dich wohl für sehr clever, was?«

»In der Tat«, entgegnete Phoebe neckend. »Schade, dass ich kein Geld damit verdienen kann, Dinge wiederzufinden, die andere verlegt haben und die sich stets an den nahe liegendsten Stellen wiederfinden.«

»Hast du keinen Erfolg bei dieser Zeitarbeitsfirma gehabt?« Cole steckte seine Brieftasche ein und holte sich den Autoschlüssel.

»Zum Glück bin ich gegangen, bevor ich den extrem unsympathischen Personalchef in eine Kröte verwandelt habe.« Phoebe grinste. »Donald Ramsey hätte es zwar verdient, das Leben einer Amphibie zu führen, aber Kröten haben sowieso schon so einen schlechten Ruf.«

»Ich könnte auf dem Weg zur Uni kurz bei ihm reinschauen und ihm das Licht auspusten«, scherzte Cole.

»Wahrscheinlich keine gute Idee.« Phoebe seufzte. »Möglicherweise findet er ja doch einen Kunden, der eine Kraft einstellen will, die noch nie einen richtigen Job hatte und sich nicht auf feste Arbeitszeiten einlassen will.«

»Wie du meinst.« Cole beugte sich vor, um Phoebe einen Abschiedskuss zu geben. »Aber wenn irgendwas mit dem *Wächter der Finsternis* passiert, dann rufst du mich sofort an, ja?«

»Gehst du wieder in die Bibliothek?«, fragte Phoebe.

»Ja«, antwortete Cole. »Ich stelle mein Handy auf Vibrationsalarm, dann stört es niemanden.«

»Okay.« Phoebe zog die Knie hoch und schlang die Arme um ihre Beine. »Hast du noch Zeit für einen Kaffee?«

»Nein, du hast mich zu lange schlafen lassen.« Cole warf sich seinen marineblauen Blazer über die Schulter, winkte noch einmal zum Abschied und verschwand aus dem Zimmer.

Phoebe zog sich eine bequeme Jogginghose, T-Shirt und Sneakers an und ging nach unten. Da Paige auf der Arbeit war und Piper und Leo beim Einkaufen, war sie ganz allein im Haus. Auf einmal kam ihr Halliwell Manor merkwürdig verlassen und leer vor.

Das Gefühl der Einsamkeit verstärkte sich noch, als sie in die Küche kam, in der morgens normalerweise immer viel los war. Die Kaffeekanne war leer, der Abwasch erledigt, und sämtliche Spuren des Abendessens waren von den Arbeitsflächen verschwunden. Nur auf dem Tisch bei dem Schrank mit den Kräutern und Zauberzutaten stand ein Topf. Vorsichtig lugte sie hinein.

Ein beißender Geruch stieg von der dunklen Flüssigkeit auf, und Phoebe sah sich neugierig um. Neben dem Topf stand eine halb mit Kaffeesatz gefüllte Tasse und mehrere Tüten und Behälter mit anderen Zutaten natürlichen Ursprungs. Phoebe rümpfte die Nase und sah sich den Notizzettel an, den sie auf dem Tisch gefunden hatte. Piper hatte sich offenbar ein Rezept für ein Düngemittel zur Wachstumsbeschleunigung notiert.

»Interessante Sache«, murmelte Phoebe und legte den Zettel zurück. Sie durften zwar ihre magischen Kräfte nicht zum persönlichen Nutzen einsetzen, aber seit der Halloween-Reise ins achtzehnte Jahrhundert beschäftigte Piper sich hobbymäßig mit alten überlieferten Heil- und Gartenhilfsmitteln. Falls der Pflanzendünger einen magischen Ursprung hatte, brachte er unter Umständen faszinierende Ergebnisse.

Vielleicht war ja der von einer Hexe hergestellte Superdünger die Inspiration zu dem Märchen »Jack und die Zauberbohne«, überlegte Phoebe lächelnd. Sie nahm eine Flasche Eistee-Frucht-Mix aus dem Kühlschrank und holte sich aus der Speisekammer einen Müsliriegel. Wenn sie Glück hatte, machte ihr der Gestank des Düngers den Kopf frei, damit sie endlich einen vernünftigen Vernichtungsspruch für den *Wächter der Finsternis* zu Stande brachte.

Das durchs Fenster hereinfallende Sonnenlicht verlieh dem Dachboden einen magischen Schein, der sich beruhigend auf Phoebes angespannte Nerven auswirkte.

Nicht nur die Dauerarbeitslosigkeit machte ihr zu schaffen, sondern auch das Wissen, dass auf eine längere dämonenfreie Periode stets ein Angriff mit Armageddon-Dimensionen folgte. So bedeutete die bevorstehende Attacke des *Wächters der Finsternis* Belastung und Erleichterung zugleich.

»Und da Erleichterung die bessere Alternative ist, sollte ich schnell diesen Vernichtungsspruch zu Ende bringen.« Phoebe stellte ihr Glas auf den Tisch und ließ sich in den Schaukelstuhl fallen.

Sie hob Schreibblock und Stift vom Boden auf, packte den Müsliriegel aus, biss hinein und starrte nachdenklich kauend ins Leere.

Nichts.

Sie rutschte hin und her, nahm noch einen Bissen, setzte den Bleistift aufs Papier und schrieb: »Dunkler Feind des weißen Lichts im Nebel ...«

Um die nächste Zeile schreiben zu können, probierte sie Wörter aus, die sich auf »Nebel« reimten. »Hebel, Knebel, Säbel ...« Sie sah auf ihren Block, strich die Wörter wieder durch und ersetzte »Nebel« durch »Dunst.«

»Schon viel besser!« Als Phoebe sich vorbeugte und nach ihrem Glas greifen wollte, fiel ihr Blick auf die Visitenkarte, die Paige am Vorabend auf dem Tisch liegen gelassen hatte. Wenn ich doch nur mehr für den armen Jungen tun könnte, dachte sie und nahm die Karte zur Hand.

Die Wucht, mit der die Bilder durch ihren Kopf fegten, warf sie zurück in den Schaukelstuhl.

Phoebe sah Leo vor einem *Wächter der Finsternis* stehen – genau wie in der vorangegangenen Vision. Doch nun lichtete sich der dichte Nebel, und in dem grauen Dunst konnte sie das unheimliche Wesen besser erkennen. Aus dem entstellten Gesicht mit einer langen Narbe vom Nasenrücken bis unter das linke Ohr sprach unbarmherzige Grausamkeit.

Mit seinen schwarzen Augen nahm der *Wächter der Finsternis* Leo ins Visier. Dann wandte er sich ab, und Phoebes Blickwinkel veränderte sich ...

Heftig nach Atem ringend tauchte sie aus ihrer Trance wieder auf. Sie zitterte, und ihr stand der Schweiß auf der Stirn. Sie konnte nicht glauben, was ihr die Vision soeben offenbart hatte, aber die Bilder waren eindeutig und unmissverständlich gewesen.

Sie hatte den Jungen Todd gesehen. Und Todd hatte eine Armbrust angelegt und einen Giftpfeil abgeschossen.

Auf Leo.

9

*N*ACH DER ABFUHR, DIE IHM Paige Matthews erteilt hatte, fühlte Todd sich ganz leer.

Bis auf den Schmerz in seiner Brust.

Da die Pause noch eine Viertelstunde andauerte, war niemand im Unterrichtsraum, als er wieder eintrat. Er setzte sich an seinen Platz und ließ den Kopf auf die Arme sinken.

Zum ersten Mal hatte er diesen Schmerz vor fünf Jahren verspürt, als die Krankenschwestern seine Mutter durch die Flügeltür in die Notaufnahme gefahren hatten. Er war allein im Wartezimmer geblieben. Ihm hatte der Nacken wehgetan, weil er auf den Fernseher unter der Decke gestarrt hatte, aber das war nichts im Vergleich zu dem Schmerz, den er gespürt hatte, als er erfuhr, dass er seine Mutter nie mehr wiedersehen würde. Dieser Schmerz, der zu Beginn in seinem Innern gebrannt hatte wie eine glühend heiße Eisenkugel, war mit der Zeit schwächer geworden und fast verschwunden.

Aber in der vergangenen Nacht war er zurückgekehrt, und es hatte ihn wieder diese Verzweiflung ergriffen, die er bereits überwunden geglaubt hatte. Ray war nicht so harmlos wie die Pflegeeltern, die er kennen gelernt hatte. Der Heimleiter hatte Freude daran, Kinder unglücklich zu machen. In dem Glauben, keine andere Wahl zu haben, war Todd entschlossen gewesen, alles auszuhalten.

Aber dann, unter der Dusche im Keller, war ihm Paige eingefallen.

Todd war wütend auf die Sozialarbeiterin gewesen, weil sie ihn in *Bay Haven* abgeliefert hatte, bis ihm wieder eingefallen war, dass sie ihm ja ihre Karte hatte geben wollen. Also hatte er beschlossen, sie anzurufen und sie um eine neue Pflegefamilie zu bitten. Wäre sie seiner Bitte nachgekommen, hätte er es nicht wieder verpfuscht, das hatte er sich vorgenommen.

Alle Sozialarbeiter, die Todd kannte, hatten ein weiches Herz, und er war davon ausgegangen, auch bei Paige auf Mitgefühl zu stoßen. Er war immer noch wie betäubt, weil sie sich geweigert hatte, ihm zuzuhören und zu helfen.

Weil ihn dieser Schock so heftig und unerwartet getroffen hatte, war ihm nur noch vage in Erinnerung, was nach dem Telefonat geschehen war. Da waren Bilder von zersprungenem Glas und zerstörten Gegenständen, aber erst bei seiner Rückkehr ins Klassenzimmer war die Benommenheit verflogen.

Mit dem unheimlichen Gefühl im Nacken, beobachtet zu werden, sah Todd auf.

Vor seinem Schreibtisch standen Ray und der narbengesichtige Prüfer. Beide sahen ihn stirnrunzelnd an.

Todd schluckte und wappnete sich innerlich. Anscheinend hatte Ray herausgefunden, dass er das Büro verwüstet hatte.

»Wir müssen uns unterhalten, Todd«, sagte Ray ruhig.

Scar setzte sich ans Lehrerpult und überließ es dem Heimleiter, die Angelegenheit zu regeln.

Todd straffte die Schultern und sah Ray in die Augen.

Die Aussicht auf zwei Tode, den eines *Wächters des Lichts* und den einer Mischlingshexe, hatte Scar ungeduldig werden lassen, und es drängte ihn, sein Projekt zu beschleunigen. Clever wie der Junge war, hatte er rasch die Prinzipien der Macht begriffen und sollte schon bald zu einem wertvollen Werkzeug in Scars Arsenal werden.

»Ich höre.« Todd verschränkte die Arme vor der Brust, eine Geste trotziger Missachtung.

Scar nickte in stummem Einverständnis. Ein wenig Kühnheit konnte angesichts seines bevorstehenden Ablebens nicht schaden und war dem Jungen auch, wenn alles gut ging, bei seiner nachfolgenden Ernennung nützlich. Aber dennoch musste er noch dazu gebracht werden, freiwillig durch eine Mordtat seine Menschlichkeit aufzugeben.

»Paige Matthews hat gerade angerufen, Todd«, sagte Ray.

»Sie lässt dich morgen früh ins Jugendgefängnis überführen.«

Die Sozialarbeiterin hatte natürlich nicht angerufen. Wie schon das abgefangene Telefonat zuvor war auch dies eine Finte, um Todd in die Arme des Bösen zu treiben.

Todd nahm die Nachricht ohne äußerliche Anzeichen der Überraschung oder Bestürzung auf. »Haben Sie das veranlasst?«

»Weil du sie ohne Erlaubnis angerufen und das kleine Büro verwüstet hast?«, fragte Ray ruhig.

»Ja«, antwortete Todd gepresst.

»Nein.« Ray seufzte und heuchelte Betroffenheit. »Offenbar liegt Paige Matthews doch nicht so viel an dir, wie sie dich gestern glauben ließ.«

Todd zuckte nur mit den Schultern.

»Das macht dir nichts aus?«, fragte Scar neugierig. Er wollte Todds Eindruck, Paige habe ihn verraten, als Katalysator verwenden, damit aus dem aufgebrachten Jungen ein Killer wurde.

»Ich würde lieber hier bleiben.« Todds Aussage klang teilnahmslos, und man konnte den Eindruck gewinnen, es sei ihm völlig egal.

Ist er womöglich schon über den Punkt hinaus, Rache als Motiv zu benötigen?, überlegte Scar. Es spielte keine Rolle, ob der Junge nur seine Gefühle verbarg oder noch kälter war, als Ray vermutet hatte. Für Scars Zwecke war beides in Ordnung.

Phoebe schritt im Garten auf und ab.

Als sie nach der zweiten Vision weder Leo und Piper noch Paige telefonisch erreicht hatte, war sie zum Warten nach draußen gegangen. Meist waren alle ganz gut über Handy zu erreichen, aber in entlegenen Gegenden oder in Gebäuden funktionierten die Geräte gab es manchmal Schwierigkeiten.

Und wenn man sie abstellt, klingeln sie auch nicht ..., dachte Phoebe. Sie hatte versucht, Paige im Büro zu erreichen, aber die Schwester nahm offenbar einen Außentermin wahr. Und da sie bei ihren Hausbesuchen nicht gestört werden wollte, hatte sie das Handy natürlich abgeschaltet.

Phoebe blieb vor dem kleinen Tisch mit den zwei Gartenstühlen stehen. Sie schob die Hand in die Hosentasche, um zu prüfen, ob Paiges Karte noch da war, und trank ihren Eistee-Frucht-Mix aus.

»Wo bleiben die bloß!«, fragte sie und blickte Hilfe suchend in den strahlend blauen Himmel.

»Wer?«, fragte Piper. »Meinst du uns?«

Phoebe wirbelte um die eigene Achse, als Piper und Leo um die Ecke kamen. Jeder von ihnen trug eine Palette mit Pflanzen unter dem Arm.

»Ich wusste nicht, wie langwierig es ist, ein paar Tomatenpflänzchen auszusuchen«, bemerkte Phoebe.

Leo sah sie schief an. »Hast du Piper schon mal beim Einkaufen im Supermarkt begleitet?«

»Oh. Schon verstanden!« Phoebe seufzte. Eines der Geheimnisse von Pipers köstlicher Gourmetküche bestand darin, nur die besten Zutaten zu verwenden. Wie sie gern und oft betonte, war ein Eintopf immer nur so gut wie das, was man hineintat.

Als Leo seine Palette absetzte und die nächste holen ging, sah sich Phoebe die Pflänzchen genauer an. »Also, die sind wirklich perfekt.«

»Na, das müssen sie auch sein!« Piper blies sich das Haar aus der Stirn und stemmte die Hände in die Hüften. »Nachdem wir in fünf Geschäften waren.«

»Perfekte Pflanzen, ein wenig magischer Dünger ...« Phoebe lächelte ihre Schwester verschmitzt an. »Klingt nach einem Garten, auf den jede Hexe stolz wäre.«

»Das hoffe ich doch sehr«, entgegnete Piper grinsend, runzelte aber gleich darauf die Stirn. »Du wartest doch aber nicht hier draußen, weil du dir die Setzlinge ansehen wolltest, oder? Was ist los?«

»Dein Handy war nicht an«, sagte Phoebe.

»War es nicht?« Piper holte ihr Mobiltelefon hervor und verzog das Gesicht. »Oh je, ich hab vergessen, den Akku aufzuladen.«

»Jetzt hast du ein paar Nachrichten auf der Mailbox.« Phoebe sah Leo in den Garten kommen und wartete, bis er die Palette auf dem Boden abgestellt hatte, bevor sie weitersprach. »Ich habe noch eine Vision gehabt, und da sich der Nebel gelichtet hatte, bin ich ziemlich sicher, dass es tatsächlich die zweite Prophezeiung aus der Dunst-und-Stein-Reihe war.«

Leo setzte sich ins Gras und überließ Piper und Phoebe die Gartenstühle. Als Phoebe von ihrer Vision erzählt hatte, die von Paiges Visitenkarte ausgelöst worden war, fiel ihr auf, dass Leo eher erstaunt als besorgt wirkte.

Piper hingegen war in höchster Aufregung. »Was hat das denn nun zu bedeuten? Dass nicht etwa ein entstellter *Wächter der Finsternis* Leo töten will, sondern Todd?«

»Das kann er nicht«, sagte Leo. »Er ist ein Mensch.«

»Und wenn er die Armbrust eines *Wächters der Finsternis* verwendet?«, hakte Phoebe nach. Sie dachte an Natalie, die *Wächterin des Lichts*, die Leo wegen seiner Art, mit der er die *Zauberhaften* beschützte, kritisiert hatte. »Eames war ein Warlock, und er hat Natalie getötet.«

»Eames war nur in der Lage, *Wächter des Lichts* zu töten, weil er zuvor einen *Wächter der Finsternis* vernichtet und sich seine Armbrust genommen hat«, erklärte Leo.

»Wenn du Nebel gesehen hast, ist noch nichts besiegelt. Hast du gesehen, ob der Pfeil sein Ziel erreichte? Hast du gesehen, wie ich sterbe?«

Phoebe schüttelte den Kopf.

»Na also!« Leo zuckte mit den Schultern.

»Irgendetwas muss uns bisher entgangen sein.« Piper schauderte. »Du hast Todd doch kennen gelernt, Phoebe. Hat Paige ihn vielleicht völlig falsch eingeschätzt?«

»Das glaube ich nicht, aber ich habe ihn nur kurz gesehen.« Phoebe dachte an die Begegnung mit dem Jungen in Paiges

Büro. Todd war extrem verhaltensauffällig, aber böse war er ihr nicht vorgekommen. Da es jedoch um Leos Leben ging, konnten sie sich nicht auf einen vagen Eindruck verlassen. »Möglich ist es immerhin«, erklärte sie.

Piper schaltete auf Aktionsmodus. »Dann sollten wir besser schnellstens herausfinden, ob Todd ein Unschuldiger ist oder nicht.«

»Gute Idee, Piper!« Leo stand auf und klopfte sich einige Grashalme von der Jeans. »Bei unseren Stippvisiten in *Bay Haven* ist uns offensichtlich etwas entgangen, aber wenn ich mich dort mal länger umsehe ...«

»Du bleibst hier, Leo«, sagte Piper bestimmt. »Wir müssen Paige schicken. Auf sie hat es der *Wächter der Finsternis* nicht abgesehen.«

»Paige macht gerade einen Hausbesuch«, erklärte Phoebe. »Wir können sie erst erreichen, wenn sie ihr Handy wieder ...«

Ein lautes *Wusch*! schnitt ihr das Wort ab und plötzlich stand der Rasen lichterloh in Flammen.

Scar verbarg sich im Schatten des viktorianischen Hauses und beobachtete zwei der legendären *Zauberhaften* und ihre Reaktion auf das Feuer, das er entfacht hatte.

Der *Wächter des Lichts* packte Piper am Handgelenk und orbte mit ihr in den sicheren Teil des Gartens.

Phoebe sprang mit einem Satz in die Luft und rettete sich schwebend vor dem Feuer. Sie sah sich hektisch um, weil sie Angst hatte, dabei gesehen zu werden, wie sie über der brennenden Rasenfläche in der Luft hing.

Als Phoebe die Richtung änderte, um außerhalb des Feuers zu landen, wirbelte Piper herum. Sie streckte die Hände aus und ließ die Flammen erstarren. Dann jagte sie die Düse des Rasensprengers in die Luft. Das Wasser spritzte im hohen Bogen heraus und ergoss sich über die Flammen, als sich das Feuer aus der Erstarrung löste.

»Was zum Teufel war das?« Piper starrte auf den verbrannten Rasen.

»Eine Stippvisite mit Brandfolgen«, entgegnete Phoebe.

»Von einem *Wächter der Finsternis*?« Piper sah sich verstohlen um.

»Keine Ahnung«, sagte Phoebe, »aber wenn er nicht mehr drauf hat als Grashalme versengen, bin ich nicht sonderlich beeindruckt.«

Warte ab!, dachte Scar, als er sich in einen Strom schwarzer Asche auflöste. Er materialisierte im Keller von *Bay Haven* und folgte dem dunklen Durchgang nach draußen. Er war sicher, dass die nun folgende Reaktion der Hexen seinen Erwartungen entsprach.

Sobald Piper Paige per Handy erreichte, würde diese ins Heim kommen, um nach Todd zu sehen. Dann würde ihr, wenn Phoebes Vision zutraf, der *Wächter des Lichts* folgen.

Direkt in meine Hände!, dachte Scar voller Vorfreude und trat in den Hof. Er verschwendete keinen Gedanken daran, ob ihn die *Zauberhaften* identifizierten oder der *Wächter des Lichts* ihn möglicherweise tötete. Dazu würde Leo keine Gelegenheit haben und die *Macht der Drei* war ohnehin bald neutralisiert.

Scar blieb vor einem Pflanzkübel stehen. Als er die großen Blätter der toten Pflanze berührte, zerbröselten sie.

Ein perfektes Omen!, dachte Scar und streute die trockenen Blattreste in den Wind.

Nach seinem Plan sollte Todd sowohl den *Wächter des Lichts* als auch die Hexe töten: einen von beiden, bevor sein sterbliches Leben endete, und einen danach.

10

»*D*AS KANN ICH NICHT GLAUBEN!« Paige umklammerte fest das Lenkrad, während sie über die Freisprechanlage telefonierte. Piper musste schon eine Weile versucht haben, sie zu erreichen, denn das Handy hatte in dem Augenblick geklingelt, als sie es einschaltete.

Nun wusste sie, was so dringend gewesen war: In Phoebes letzter Vision hatte Todd einen giftigen Pfeil aus der Armbrust eines *Wächters der Finsternis* auf Leo abgefeuert.

»Wir wollten es auch nicht glauben«, entgegnete Piper.

Die Traurigkeit, die in ihrer Stimme lag, ließ Paige ahnen, wie ihrer Schwester zu Mute war. Leo war ihr Seelengefährte, und Phoebes Visionen irrten nur selten. Da es sich bei Todd um den zukünftigen Mörder ihres Mannes handelte, war Pipers ehrliche Sorge um den Jungen erstaunlich.

Wenn sie nicht eine der *Zauberhaften* wäre, dachte Paige. Sie alle verhielten sich immer noch so, als sei Todd der Unschuldige, den es zu retten galt.

»Todd kann nicht böse sein«, erklärte Paige. »Das würde ich merken.«

»Wir müssen aber ganz sicher gehen, Paige«, erklärte Piper.

»Du hast gesagt, auch in der zweiten Vision war Nebel, nicht wahr?« Paige machte eine Pause, um an einer Kreuzung nach links und rechts zu blicken, bevor sie mit dem VW um die Ecke bog. »Also steht das, was Phoebe gesehen hat, noch nicht fest. *Noch* nicht.«

»Das stimmt, aber ...« Piper zögerte, dann platzte sie heraus: »Da ist noch etwas anderes.«

Unverzüglich fuhr Paige an den Straßenrand, schaltete in den Leerlauf und trat auf die Bremse. »Was?«

»Der Rasen hat angefangen zu brennen«, erklärte Piper gehetzt. »Einfach so aus dem Nichts. Plötzlich stand der halbe Garten in Flammen.«

»Zwei Fälle von Selbstentzündung hintereinander sind

wohl doch kein Zufall«, bemerkte Paige ruhig. Einen Augenblick lang hatte ihr Herz laut gehämmert, und ihr Puls war schneller geworden, aber dann hatte sie sich sofort wieder besonnen. Sie hatte die Gabe, in kritischen Momenten stets einen kühlen Kopf zu bewahren.

»Eher nicht«, pflichtete ihr Piper bei. »Und es ist nicht sehr wahrscheinlich, dass irgendein anderer Dämon, der gar nichts mit Todd oder der Vision zu tun hat, dafür verantwortlich ist.«

»Dann war es der *Wächter der Finsternis*, den Phoebe in ihrer Vision gesehen hat«, schloss Paige, denn einer der kuriosen Aspekte in ihrem *Zauberhaften*-Dasein war, dass es so gut wie keine Zufälle gab.

»Das ist auch unsere Vermutung, Paige. Wenn der *Wächter der Finsternis* auch das Feuer an der Tankstelle gelegt hat, dann hat er dich möglicherweise beim Orben gesehen. Und wenn ja, dann weiß er, dass du eine *Wächterin des Lichts* bist. Zumindest müssen wir davon ausgehen.«

»Richtig.« Paige biss sich auf die Unterlippe. Der gleiche Gedanke war ihr auch schon gekommen. Es war zwar nicht sicher, ob ihre Identität wirklich aufgeflogen war, aber sie mussten bei ihrem Vorgehen immer vom Schlimmsten ausgehen.

»Vielleicht kommst du besser nach Hause«, sagte Piper.

»Ich kann nicht.« Paige nahm den Fuß von der Bremse und legte den ersten Gang ein. »Wir müssen herausfinden, was mit Todd los ist. Und da Leo in Phoebes Visionen das Opfer ist, muss ich das machen.«

»Aber wenn du nach *Bay Haven* fährst ...« Plötzlich verstummte Piper.

Phoebe kam an den Apparat. »Was ich in der Vision gesehen habe, ist noch nicht besiegelt, Paige. Du bist genauso in Gefahr.«

»Das weiß ich.« Paige entdeckte eine Lücke im dichten Verkehr, fuhr los und ordnete sich rasch wieder ein. »Aber wenn Todd unser Unschuldiger ist und ich ihn zu uns nach Hause hole, kann ihn der *Wächter der Finsternis* nicht als Köder für Leo verwenden.«

»Vielleicht startet er seinen Angriff ja hier bei uns«, warf Piper aus dem Hintergrund ein.

»Tut er nicht«, entgegnete Phoebe. »Ich habe in der ersten Vision eine hohe Mauer gesehen, und so etwas haben wir auf Halliwell Manor gar nicht.«

»Ich fahre nach *Bay Haven* und hole Todd da raus«, sagte Paige. »Ich muss es einfach tun.«

Phoebe hatte verstanden. »Sei vorsichtig!«

Als sie aufgelegt hatte, rief Paige im Büro an, um den Kollegen mitzuteilen, dass sie unterwegs nach *Bay Haven* zu ihrem Kontrollbesuch war. Als die für Todd zuständige Sozialarbeiterin hatte sie das Recht, dort jederzeit an die Tür zu klopfen. Wenn Ray tatsächlich aus Sorge um Todd ihren Termin abgesagt hatte, dann würde er sich verärgert zeigen, sie zu sehen, sich ihr aber nicht in den Weg stellen.

Wenn jedoch ihr Verdacht zutraf, dass der Heimleiter versuchte, Todd aus irgendeinem anderen Grund von ihr fern zu halten, dann würde sie den Jungen ohne Umschweife in Sicherheit bringen.

Phoebe starrte noch eine Weile auf das Telefon, nachdem sie aufgelegt hatte.

»Hätten wir sie zurückhalten sollen?«, fragte Piper, als sie Phoebes Gesichtsausdruck bemerkte.

»Nein, wir müssen rauskriegen, ob Todd unschuldig ist.« Phoebe steckte ihr Handy in die Tasche. Auch sie hatte ein ungutes Gefühl in der Magengrube, aber das begleitete sie im Grunde schon, seit sie eine der *Zauberhaften* geworden war. »Wenn Paige Schwierigkeiten bekommt, kann sie sich immer noch in Sicherheit orben.«

Mit einem Nicken drehte sich Piper um und betrachtete den Garten. Die verbrannte Rasenfläche war etwa sechzig Zentimeter breit und zwei Meter lang. Das nasse, verschmorte Gras schmatzte unter ihren Schuhen. »Fürs Protokoll: Den Rasensprenger habe ich absichtlich in die Luft gejagt.«

»Ich glaube, das war ganz richtig.« Phoebe betrachtete den Schaden und konnte sich ein Grinsen nicht verkneifen. Komischerweise war Piper nun, da die Bedrohung identifiziert war, viel entspannter und ruhiger.

Leo drehte den Wasserzulauf für den Sprinkler ab und wischte sich das Gesicht mit einem Zipfel von seinem T-Shirt trocken, als er zurückkehrte. »Ich kann innerhalb von ein paar Minuten einen neuen im Baumarkt besorgen und ihn einsetzen. Keine große Sache.«

»Für einen Handwerker deines Kalibers nicht.« Piper betrachtete wieder argwöhnisch den Garten. »Besteht vielleicht die Möglichkeit, dass sich unser übernatürlicher Brandstifter noch hier herumtreibt?«

»Das bezweifle ich.« Leo hockte sich hin und hielt die Hand über den versengten Rasen. Seine Heilkräfte zeigten keine Wirkung. »Er hat gesehen, was du kannst, und mich als *Wächter des Lichts* entlarvt. Er hatte gar keinen Grund, länger hier zu bleiben.«

»Aber bis zum Sonnenuntergang sind wir sicher«, sagte Phoebe. »Auch in der zweiten Vision setzte gerade die Dämmerung ein.«

»Dann haben wir noch ein paar Stunden, falls Paige sich nicht früher meldet.« Piper verschränkte die Arme und nickte entschlossen. »Dann können Leo und ich die Zeit auch nutzen und noch etwas einpflanzen.«

»Das kannst du allein machen.« Leo holte sich den Spaten, den er am Vortag an der Hintertür abgestellt hatte. Er stach ihn in den Boden und grub ein Stück verbrannten Rasen um. »Ich begrabe erst mal die Wiese.«

»Etwas Positives hat die Sache ja.« Piper antwortete mit einem Schulterzucken auf die fragenden Blicke von Leo und Phoebe. »Jetzt haben wir eine viel größere Anbaufläche.«

»Ich mache den Zauberspruch fertig.« Phoebe verschwand

im Haus, bevor Piper sie nach ihren Fortschritten fragen konnte.

Ausgerüstet mit einem weiteren Eistee-Frucht-Mix eilte Phoebe die Treppe hoch und schloss die Speichertür hinter sich. Sie hoffte, ihre angespannten Nerven beruhigen zu können, indem sie etwas tat, das half, den Feuer legenden *Wächter der Finsternis* möglichst schnell zu vernichten.

»Jetzt aber los!« Phoebe setzte sich in den Schaukelstuhl, stellte ihr Glas ab und starrte auf den Notizblock. Nachdem sie den *Wächter der Finsternis* gesehen hatte, stand ihr mehr Material zur Verfügung. Sein Gesicht war ihr zwar bis auf die Narbe nur verschwommen in Erinnerung, aber vielleicht genügte das schon.

»Dunkler Feind des weißen Lichts im Dunst ...«

Nicht schlecht, dachte sie und überlegte, was sich auf »Dunst« reimte. »Gunst ...« Nachdenklich klopfte sie sich mit dem Stift ans Kinn, hielt inne und schrieb:

Im Nebel steht der dunkle Feind des weißen Lichts,
weder Schicksal noch Tod besiegelt ist.«

Zufrieden über den dichterischen Fortschritt straffte Phoebe die Schultern.

»Zwei Zeilen geschafft, fehlen nur noch zwei oder so.« Lächelnd dachte sie an all die Formulierungen, die sie jedes Mal verwerfen musste. Bis nicht der gesamte Zauberspruch Gestalt anzunehmen begann, wusste sie nie, ob die anfangs notierten Zeilen auch bis zum Schluss Bestand hatten.

Das leise Surren ihres Handys riss sie aus ihren Überlegungen. Rasch kramte sie es hervor und nahm das Gespräch an.

»Hallo?« Ein Lächeln breitete sich auf ihrem Gesicht aus. »Hi Cole! Sind die Bücher nett zu dir?«

»Wo steckst du?« Cole klang verärgert. »Ich hab es zu Hause probiert, aber da geht niemand an den Apparat.«

»Ich bin auf dem Speicher, da höre ich das Telefon nicht«, entgegnete Phoebe. »Piper und Leo üben sich im Garten als Bauern und Paige ist nach *Bay Haven* unterwegs, um nach Todd zu sehen.«

»Hast du viel zu tun?«, fragte Cole zögernd.«

»Nicht arg viel.« Phoebe ließ Block und Stift fallen und griff nach ihrem Glas. »Fragst du aus einem bestimmten Grund?«

»Ja.« Cole seufzte. »Ich hab aus Versehen meinen Schlüssel im Auto gelassen. Kannst du mir den Ersatzschlüssel bringen? Er ist in der obersten Kommodenschublade.«

Phoebe verkniff sich ein Kichern. Sie fand Coles Missgeschick amüsant, weil es zutiefst menschlich war, sich aus dem eigenen Wagen auszusperren. »Würde ich ja gern, aber uns bleibt nicht mehr viel Zeit bis zum Sonnenuntergang, und dann muss der Zauberspruch fertig sein.«

»Ich bin extra früher aus der Bibliothek raus, um euch zu helfen. Ich mag Leo nämlich, falls dir das entgangen ist.« Coles Ton duldete keinen Widerspruch. Er wollte um jeden Preis zum Team gehören. »Bist du denn sicher, dass es um die heutige Dämmerung geht?«

»Eigentlich nicht, nein.« Phoebe starrte auf ihren Block. »Es ist nur so, ohne Spruch ...«

»Ich habe schon vor Jahrzehnten gute Noten in englischer Dichtung gehabt«, bemerkte Cole. »Bring mir den Schlüssel und dann helfe ich dir bei dem Spruch.«

»Du willst mit mir zusammen daran arbeiten?« Phoebe zögerte.

»Ich glaube, Reime für Zauberformeln suchen ist keine lebensbedrohliche Sache.« Cole seufzte wieder, versuchte aber, seinen Frust zu unterdrücken. »Bitte, Phoebe! Wie oft war mein Wissen über das Reich des Bösen schon hilfreich, seit kein Dämon mehr in mir steckt?«

»Okay, du hast gewonnen!« Phoebe schlug eine neue Seite in ihrem Block auf. »Welcher Parkplatz? Reihe, Nummer?«

Nachdem sie sich bei Piper und Leo abgemeldet hatte, machte Phoebe sich auf den Weg. Sie war so lange nicht mehr in der Rushhour unterwegs gewesen, dass sie ganz vergessen hatte, wie qualvoll das Autofahren in San Francisco sein konnte. Sie wahrte jedoch die Fassung, indem sie im Kopf weiterdichtete. Als sie die Straße verließ und auf das Universitätsgelände fuhr, hatte sie den Zauberspruch fast fertig.

Sie hielt an, um sich den Spruch rasch zu notieren, bevor sie ihn wieder vergaß. Nachdem sie die Zeilen dem Papier anvertraut hatte, riss sie die Seite aus dem Block, faltete sie zusammen und steckte sie zu Paiges Visitenkarte in die Tasche. Sie trug immer noch ihre Freizeitklamotten.

»Ist schon in Ordnung«, murmelte sie, als sie wieder losfuhr. »Cole steht auf meinen schlampigen Trainingshosen-Look.«

Da sie im Vorjahr die Universität besucht hatte, kannte Phoebe sich auf dem Gelände aus. Sie fuhr direkt auf den Bibliotheksparkplatz und suchte Coles Reihe. Aber auf dem Platz mit der Nummer, die er ihr genannt hatte, stand ein anderer Wagen.

Phoebe war verunsichert. Hatte sie die Nummer falsch notiert? Vielleicht hatte sie sich so auf den Zauberspruch konzentriert, dass sie die beiden Zahlen vertauscht hatte. Sie wählte Coles Handy an, während sie begann, den Parkplatz systematisch abzusuchen.

Das ungute Gefühl, das sie wegen Paiges Besuch in *Bay Haven* beschlichen hatte, verstärkte sich noch, als sie die Reihen nacheinander abfuhr. Weit und breit war weder von dem Auto noch von Cole etwas zu sehen. Er ging nicht an sein Handy und auch die Mailbox schaltete sich nicht ein. Nach einer Viertelstunde hielt Phoebe an, um zu überlegen, was sie nun tun sollte.

Es erschien ihr unwahrscheinlich, dass Cole einfach vom Warten die Nase voll gehabt hatte und sich davongemacht haben sollte. Er war zwar gelegentlich ungeduldig, aber er ging niemals rücksichtslos mit ihrer Zeit und ihren Gefühlen um. Wenn etwas Unvorhergesehenes vorgefallen wäre und er den Parkplatz hätte verlassen müssen, hätte er sie angerufen. Er wäre niemals einfach so verschwunden und hätte sie im Unklaren darüber gelassen, wo er war.

Wo steckte er also, und warum hatte er nicht angerufen?

Phoebes Blick wanderte zum Armaturenbrett. Rasch nahm sie ihr Handy aus der Halterung und wählte, falls aus irgendeinem Grund die Kurzwahltaste nicht funktionierte, Coles Handynummer sicherheitshalber manuell. Sie ließ es so lange klingeln, bis sich normalerweise die Mailbox eingeschaltet hätte.

Keine Antwort.

Nervös wählte Phoebe die Nummer von Halliwell Manor, danach versuchte sie es mit den Handynummern von Piper und Paige und auch im *South-Bay-Sozialdienst*. Nirgendwo erreichte sie jemanden.

Phoebe steckte das Handy wieder in die Haltevorrichtung am Armaturenbrett. Jeder andere hätte einen technischen Defekt für eine plausible Erklärung gehalten, wenn ein Mobiltelefon plötzlich nicht mehr erreichbar war. Als Hexe ging Phoebe jedoch sofort von einer übernatürlichen, Unheil verkündenden Ursache aus.

Für ein magisches Wesen war es einfach, sich die Mobilfunktechnik zu Nutze zu machen und Anrufe zu manipulieren oder zu unterbinden. Die Nummern der Halliwells waren nicht geheim; sie standen in jedem Telefonbuch.

Und zu den heimtückischsten Begabungen der *Wächter der Finsternis* gehörte die Stimmenimitation.

Dann war es wahrscheinlich gar nicht Cole, der mich angerufen hatte!, wurde Phoebe mit einem Schlag bewusst. Sie fuhr wieder los und zwang sich, nicht in Panik auszubrechen, als ihr dämmerte, was diese Vermutung zu bedeuten hatte.

Der *Wächter der Finsternis* hatte sie mit Coles Stimme angerufen, um sie von ihren Schwestern zu trennen.

Eine Zauberformel für die *Macht der Drei* war nutzlos, wenn die *Zauberhaften* sie nicht gemeinsam aufsagten. Und die beste Methode, um zu verhindern, dass sie sich zusammenschlossen, war, sie an drei verschiedene Orte zu lotsen.

Auf der Fahrt über die abgelegene Landstraße war Paiges Beklommenheit immer stärker geworden.

Als sie durch das Tor auf das Gelände von *Bay Haven* fuhr, lastete die dunkle Vorahnung wie eine zentnerschwere Bürde auf ihr. Sie konnte sich des Gefühls einfach nicht erwehren, dass sie Todd mit ihrem Versuch, das Beste für ihn zu tun, den Hyänen zum Fraß vorgeworfen hatte.

Sie fuhr die geschwungene Auffahrt bis zum Haupteingang hoch und blieb noch einen Augenblick in ihrem VW sitzen, um sich zu sammeln. Ohne die Rückendeckung durch ihre Schwestern war sie eine leichte Beute. Aus ihrer Angst vor dem narbengesichtigen *Wächter der Finsternis* sprach keine Feigheit, sondern vielmehr ihr widerwilliger Respekt vor dem Gegner.

Das Orben war ein großartiger Schutz vor Sterblichen wie Ray, aber *Wächter der Finsternis* konnten schimmern, in das Unterbewusstsein anderer vordringen, um Ideen hineinzupflanzen, und sie konnten Stimmen imitieren. Für Paige waren die Erzfeinde der *Wächter des Lichts* die Verkörperung alles Unheimlichen, vor dem sie sich als Kind gefürchtet hatte.

Aber dieses Monster lauert auch unter Todds Bett, dachte sie, als sie aus dem Wagen stieg und zur Tür ging.

Sie drückte auf die Klingel und wartete. Als ihr niemand öffnete, wischte sie sich die feuchten Hände an ihrem Rock ab und klingelte noch einmal. Eine Minute verging, dann eine weitere, und nichts rührte sich.

»Okay.« Paige atmete tief durch, um die Angst zu unterdrücken, die in ihr aufstieg. Plötzlich kam es ihr ziemlich dumm vor, ihr Leben und das von Todd aufs Spiel zu setzen, um ein Geheimnis zu verbergen, das sie vielleicht ohnehin enthüllen musste. Warum sollte sie ihre Kräfte um jeden Preis verbergen, wenn sie dadurch umkommen konnte?

»Diese Debatte kann Piper nicht gewinnen«, sagte sie zu sich. Entschlossen drehte sie sich um und ging die Treppe hinunter. Ihr Vorhaben, ins Haus zu orben und Todd herauszuholen, war ohnehin schon eine riskante Sache – da musste sie sich nicht auch noch direkt vor dem Gebäude in einen Wirbel aus weißem Licht verwandeln.

Paige hatte gerade ein paar Schritte gemacht, da ging die Tür auf.

»Paige?«

Als sie Rays Stimme hörte, drehte sie sich um. Der Mann stand mit verärgerter Miene im Türrahmen.

»Hab ich heute Morgen am Telefon etwas falsch verstanden?«, fragte er. »Ich dachte, wir hätten Ihren Besuch um ein paar Tage verschoben, bis Todd sich hier eingewöhnt hat.«

Der Heimleiter gab sich verwirrt, aber Paige blieb auf der Hut.

»Tut mir Leid, Ray, aber mein Boss weiß nicht, was Flexibilität ist.« Lächelnd zuckte sie mit den Schultern und kehrte zur Tür zurück. »Kurz vorbeizukommen und Todd ein paar Minuten zu sehen schien mir einfacher, als Mr. Cowan davon zu überzeugen, mal eine Ausnahme von der üblichen Routine zu machen.«

»Bloß keine Vorschriften verletzen, was?«, fragte Ray und trat zurück, um Paige hereinzulassen.

»Bei Mr. Cowan bestimmt nicht«, sagte sie. »Vorschriften werden grundsätzlich nicht verletzt, gebeugt oder gelockert.«

Mit ihrer scherzhaften Antwort wollte sie Ray überrumpeln. Sie wünschte, sie hätte sich fürs Orben entschieden, statt auf die Klingel zu drücken. Aber nun war es zu spät, um den Kurs zu ändern, ohne Rays Misstrauen zu erregen. Sie konnte nun nur noch das tun, was sie ihm angekündigt hatte: Todd einen kurzen Besuch abstatten. Erst danach, wenn sie sich mit dem Wagen in sichere Entfernung von dem Heim gebracht hatte, konnte sie ins Haus orben und den Jungen herausholen.

Als Ray die Tür schloss, bemerkte Paige ein klägliches Miauen. Neben der Treppe stand ein Katzenkorb auf dem Boden. Durch die Gittertür war ein rot getigertes Fell zu erkennen.

»Fehlt ihr etwas?«, fragte Paige, denn sie nahm an, die Katze stehe für eine Fahrt zum Tierarzt bereit.

»Nichts, was nicht mit einem Kopfschuss zu kurieren wäre«, entgegnete Ray.

Paige ließ sich zunächst von Rays Plauderton über die wahre Bedeutung seiner Worten hinwegtäuschen. Als ihr einen Sekundenbruchteil später die furchtbare Wahrheit dämmerte, versuchte sie, zu orben. Aus dem Augenwinkel registrierte sie gerade noch, wie Ray das Gesicht zu einer unbarmherzigen Grimasse verzog und brutal mit einem Schlagstock ausholte.

Als der Hartgummiknüppel Paige am Kopf erwischte, explodierte in ihrem Schädel ein stechender Schmerz, und alles wurde grau.

In dem Moment, da Phoebe der Verdacht gekommen war, der *Wächter der Finsternis* wolle die *Macht der Drei* zerschlagen, wusste sie, dass sie sich mit ihren Schwestern zusammenschließen musste. Schnell.

Und weil sie über dieses Problem nachdachte, statt sich auf die Straße zu konzentrieren, hätte sie um ein Haar die Ausfahrt verpasst. Im letzten Moment riss sie das Steuer nach rechts, schwenkte abrupt auf die rechte Fahrbahn, schoss die Ausfahrt hinunter und stieg vor einem Stoppschild auf die Bremse. Nachdem sie nach rechts auf eine zweispurige Landstraße abgebogen war, gab sie wieder kräftig Gas. Ihre Gedanken rasten, während sie an zwei Tankstellen, einem Motel und einem Fastfood-Restaurant vorbeibrauste.

Als Piper die Möglichkeit eines Angriffs bei ihnen zu Hause erwähnt hatte, war Phoebe eingefallen, dass sie in ihrer Vision einen anderen Ort gesehen hatte. Und da Todd eindeutig mit der Geschichte zu tun hatte, erschien es nur logisch, dass es sich bei dem Schauplatz der Ereignisse um das Kinderheim mit seinen alten Mauern handelte.

Und genau dorthin war Paige gefahren. Nun, da sie, Phoebe, ebenfalls dahin unterwegs war, ging sie davon aus, dass auch Piper kommen würde.

Obwohl der Ausgang der Geschichte, die Phoebe in ihren

Dunst-und-Stein-Visionen gesehen hatte, noch nicht feststand, waren bestimmte Elemente doch unabänderlich. Leo würde natürlich nach *Bay Haven* kommen, und wenn er das tat, dann nicht ohne seine Frau.

Die *Zauberhaften* waren durch die Kräfte der universalen Magie so fest miteinander verbunden wie die subatomaren Teilchen eines Atoms durch die Gesetze der Physik. Die *Macht der Drei* ließ sich nicht so leicht zunichte machen.

Doch das musste nicht zwangsläufig bedeuten, dass es ihnen tatsächlich gelang, die Pläne des *Wächters der Finsternis* zu durchkreuzen.

Und was sind das überhaupt für Pläne?, fragte sich Phoebe. Warum hatte sie gesehen, wie Todd den Pfeil auf Leo abschoss und nicht der *Wächter der Finsternis*?

Leo war zwar für jede einzelne der Halliwell-Schwestern von allergrößter Wichtigkeit, aber Phoebe begann zu ahnen, dass er im Spiel des narbengesichtigen *Wächters der Finsternis* nur eine Schachfigur war.

Phoebe fuhr noch schneller, als wäre ihr die Überschreitung der Geschwindigkeitsbegrenzung beim Nachdenken hilfreich. Bevor der Garten sich in ein flammendes Inferno verwandelt hatte, war sie im Begriff gewesen, über ihr Gespräch mit Paige am Vorabend nachzudenken. Nun tauchte es plötzlich wieder aus ihrer Erinnerung auf und lieferte ihr einen wichtigen Hinweis.

»Im Prinzip kann im Leben eines jeden Menschen etwas eintreten, das ihn völlig aus der Bahn wirft – so sehr, dass er an einen Punkt kommt, von dem an es kein Zurück mehr gibt«, hatte sie selbst gesagt.

Paige hatte genickt. »Und bei Todd könnte dieses Etwas der geheimnisvolle *Wächter der Finsternis* sein.«

Paiges Äußerung war ein weiterer Anhaltspunkt dafür, dass Todd bei dem Angriff des *Wächters der Finsternis* unter Umständen gar kein unbeteiligter Zuschauer war. Vielleicht war er vielmehr der Schlüssel zur Aufdeckung des eigentlichen Ziels ihres Widersachers.

Und das wäre? Auf der Suche nach dem einen Informationssplitter, mit Hilfe dessen sie das Rätsel lösen konnte, ging Phoebe noch einmal alles durch, was sie über *Wächter der Finsternis* wusste.

Bekanntlich war es die Bestimmung aller *Wächter der Finsternis*, *Wächter des Lichts* zu töten, aber sie gingen die Aufgabe durchaus von verschiedenen Seiten an.

Alec beispielsweise hatte mit Hilfe von Hitzewellen seine Opfer verbrennen lassen. Bevor er in seinem eigenen Feuer umkam, hatte er versucht, Daisy für sich zu gewinnen, eine Unschuldige, die unter Leos Schutz stand.

Phoebe raste mit angespannter Miene über die kurvenreiche Landstraße. Sie fuhr so schnell sie konnte. Die Informationen über Alec schienen sie in Bezug auf Todds Lage nicht weiterzubringen.

Dem Warlock, den Leo im Garten erwähnt hatte, gelang es, einen *Wächter der Finsternis* mit einem Athame zu töten, um sich seiner Fähigkeit zu bemächtigen. Eames' großartiger Plan, durch die Eliminierung aller *Wächter des Lichts* sämtliche guten Hexen ihrer Schutzengel zu berauben, war zum Scheitern verurteilt gewesen, sobald die *Zauberhaften* ihm auf die Schliche gekommen waren.

Aber wir haben es hier nicht mit einem Warlock zu tun, dachte Phoebe. Bei der Gestalt mit der Narbe, die sie in der zweiten Vision gesehen hatte, handelte es sich definitiv um einen *Wächter der Finsternis*.

Maggie Murphy hätte fast Selbstmord begangen, weil ein *Wächter der Finsternis* sie davon überzeugt hatte, sie bringe Unglück über diejenigen, denen sie zu helfen versuchte. Damit hatte er natürlich ihre Ernennung zur *Wächterin des Lichts* verhindern wollen.

Phoebe blickte immer finsterer drein. Menschen, die ein reines, selbstloses Leben geführt hatten wie Leo und Maggie wurden nach ihrem Tod *Wächter des Lichts*. Konnte man daraus nun schließen, überlegte sie, dass extrem schlechte Menschen *Wächter der Finsternis* wurden?

Ja!, dachte sie euphorisch. Leo hatte etwas gesagt, das diesen Schluss untermauerte.

»Die *Wächter der Finsternis* rekrutieren ihre Leute aus dem Bestand des Bösen, wie wir *Wächter des Lichts* aus dem des Guten ausgewählt werden.«

Todd war drauf und dran, alle Kriterien für die dunkle Seite zu erfüllen.

Schon im Alter von zwölf war er ein unverbesserlicher Unruhestifter gewesen, dem niemand und nichts etwas zu bedeuten schien. Er war in *Bay Haven* gelandet, einem privaten Heim für straffällig gewordene Jungen, das nicht so streng kontrolliert wurde wie eine staatliche Einrichtung. Wenn Ray Marino bestochen worden war oder sich aus anderen Gründen in den Dienst des *Wächters der Finsternis* gestellt hatte, gab es wohl kaum einen besseren Ort, um nach geeignetem Material für zukünftige *Wächter der Finsternis* zu suchen.

Mit quietschenden Reifen raste Phoebe um eine Kurve. Sie konnte ihre Theorie erst beweisen, wenn sie in *Bay Haven* war, aber sie ging davon aus, dass sie mit ihren Schlussfolgerungen richtig lag.

Der narbengesichtige *Wächter der Finsternis* benutzte das Heim als Bezugsquelle für neue *Wächter der Finsternis*.

Oder hat er womöglich noch etwas viel Schlimmeres vor?, überlegte Phoebe, und ihr stockte der Atem, als das Bild von Todd mit der Armbrust vor ihrem geistigen Auge erschien.

Die Erkenntnis traf sie wie ein Blitz: Der Junge vermochte Leo zu töten, nachdem er ein *Wächter der Finsternis* geworden war!

Weder sie noch ihre Schwestern hatten diese Möglichkeit in Betracht gezogen, denn die Vorstellung, dass jemand Todd zu Tode bringen könnte, um aus ihm einen jungen *Wächter der Finsternis* zu machen, war einfach zu grausam. Aber es gab keine andere Erklärung für das, was sie in der zweiten Vision gesehen hatte.

»Leo!«, rief Phoebe laut und schickte damit einen dringenden Aufruf in die geheimnisvollen Kanäle, durch die *Wächter des Lichts* und Hexen miteinander verbunden waren. »Leo, es ist wichtig!«

Als die Sekunden verstrichen und ihr Schwager nicht auftauchte, nahm Phoebe an, dass etwas noch Wichtigeres als seine eigene Sicherheit ihn daran hindern musste zu kommen.

Paige zum Beispiel?, überlegte sie.

Paige war nach *Bay Haven* gefahren, um Todd zu retten, ohne zu ahnen, dass der Junge vielleicht schon zu einem tödlichen Feind für die *Wächter des Lichts* geworden war. Wenn Leo Paige in Gefahr wähnte, würde er nach *Bay Haven* orben, um ihr zu helfen.

Und hoffentlich ist Piper dann bei ihm!, dachte Phoebe. Unter Umständen erwies sich ihr Zauberspruch als Leos einziger Schutz vor dem narbengesichtigen Verderber.

Aussichtslos war die Lage nicht. Um sich Mut zu machen, tastete Phoebe nach dem zusammengefalteten Zettel mit dem Spruch. Dabei berührte sie die Visitenkarte, die sie sich nach der zweiten Vision in die Tasche gesteckt hatte.

Die dritte Vision traf sie unvermittelt und mit großer Wucht. Sie verlor die Kontrolle über den Wagen, der von der Straße abkam und auf einen von Bäumen gesäumten Graben zuholperte.

12

Als Paige zu sich kam, bemerkte sie zweierlei: die hämmernden Kopfschmerzen von Rays Schlag mit dem Gummiknüppel und den harten Boden unter sich.

Mit geschlossenen Augen blieb sie regungslos liegen und versuchte sich zu orientieren, ohne Ray merken zu lassen, dass sie wieder bei Bewusstsein war.

Nur das Tröpfeln von Wasser und das leise Rauschen von trockenem Laub im Wind waren zu hören.

Ihre Nasenflügel blähten sich, als sie den moschusartigen Geruch von Moder und feuchter Erde wahrnahm.

Der raue Boden unter ihr fühlte sich an wie mit feuchten Moos bedeckte Steine.

Da niemand in ihrer Nähe zu sein schien, öffnete sie die Augen. Sofort wurde ihr klar: Sie lag in dem Hof mit den hohen Mauern. Auf dem Plan, den Leo entdeckt hatte, war dieser Bereich hinter dem Haupthaus eingezeichnet gewesen. Durch einen Torbogen zwischen den hohen Einfassungen erblickte Paige ein Stück grünen Rasens. In einiger Entfernung war ein Wald zu erkennen, hinter dem die Sonne gerade abtauchte.

Abenddämmerung, dachte Paige, aber kein Nebel. Wenn dies die Realität war, die Phoebes Visionen angekündigt hatten, dann war ungewiss, ob der Verlauf der Ereignisse bereits feststand oder immer noch verändert werden konnte. Da Leo nicht anwesend war, lag jedoch Letzteres nahe.

Eines jedenfalls war klar: Es gab keinen Grund, hier untätig herumzusitzen und auf Rays Rückkehr zu warten.

Dieser Feststellung stand allerdings ein kleines Hemmnis gegenüber: Sie konnte sich nicht bewegen.

Ächzend bemühte Paige sich nach Leibeskräften, aber sie konnte weder den Kopf noch die Arme heben. Sie schloss die Augen, um zu orben, aber die Energie, die normalerweise durch ihre Adern strömte, bevor ihre Zellen sich auflösten, ließ sich nicht aktivieren. Kaum dämmerte ihr diese erschreckende Erkenntnis, da wurde sie bereits an den Haaren gepackt und auf die Knie gezerrt.

»Willst du irgendwohin?«, fragte ein Mann mit einer langen Narbe im Gesicht. Er trug die typische schwarze Kluft der *Wächter der Finsternis* bestehend aus Rollkragenpullover, Sakko und Hose. Seine barsche, raue Stimme fraß sich in Paiges Gehörgang wie ein Holzwurm in die Schrankwand.

Aus dem Gefühl absoluter Hilflosigkeit heraus überkam Paige die nackte Angst. Sie starrte in Augen, die zu schwarz waren, um Licht zu reflektieren.

Der *Wächter der Finsternis* spürte ihre Furcht und verzog das Gesicht zu einem abscheulichen Grinsen.

Mit dem ihr angeborenen Trotz, an dem schon ihre Eltern und Lehrer verzweifelt waren, hielt Paige seinem Blick stand. Sie mochte zwar rettungslos verloren sein, aber wenn sie schon sterben musste, dann sollten wenigstens ihr Stolz und ihre Selbstachtung unversehrt bleiben.

»Du solltest große Angst haben, Paige.« Der *Wächter der Finsternis* sah zur Seite. »Nicht wahr, Todd?«

»Ja, Scar.«

Als sie Todd erblickte, schnürte es Paige die Kehle zu. Der Junge erwiderte ihren Blick, doch aus seiner Miene sprach ebenso viel Hass, wie Paige für den *Wächter der Finsternis* empfand.

»Mach keinen Fehler, Paige!«, sagte Scar. »Du bist uns ausgeliefert.«

Mit dieser Aussage wollte er Paige in die Verzweiflung treiben. Das Gefühl der Hoffnungslosigkeit, das sie überkam, wurde nicht durch die Überlegenheit des *Wächters der Finsternis* hervorgerufen, sondern durch die absolute Gefühlskälte, die sich in Todds jungem Gesicht spiegelte.

Ohne Vorwarnung stieß Scar Paige wieder zu Boden und schleifte sie zu einem großen Pflanzkübel. Als er ihr Haar losließ, fiel sie wie ein Häufchen Elend zusammen und wehrte sich nicht gegen seine Bemühungen, sie aufzurichten und mit dem Oberkörper an das Gefäß zu lehnen. Da sie nicht genug Kraft hatte, den Kopf hochzuhalten, fiel es ihr schwer, die Bewegungen des *Wächters der Finsternis* zu verfolgen.

»Fragst du dich vielleicht, warum du dich nicht bewegen kannst?« Scar beugte sich über Paige und sah ihr in die Augen. Als sie abermals seinem Blick standhielt, lächelte er, als sei ihr Widerstand ein Sieg für ihn.

Todd blieb im Hintergrund und starrte Paige böse an.

»Ich wurde im ersten Jahrhundert dieser Zeitrechnung geboren«, sagte Scar. »Ja, du hast richtig gehört. Im ersten Jahrhundert.«

Todd sah den *Wächter der Finsternis* überrascht an.

»Ich war ein ungeschlagener Gladiator, ein freier Mann Roms, der im voll besetzten Kolosseum stolz und ehrenhaft in den Tod gegangen ist.« Scar lächelte reuevoll. »Natürlich waren viele der Zuschauer gekommen, weil sie mich sterben sehen wollten. Aber mein Tod war nur der Beginn eines anderen, besseren Lebens.«

Paige war die grässliche Geschichte des *Wächters der Finsternis* ziemlich egal. Aber je länger er redete, desto besser standen ihre Überlebenschancen. Piper und Phoebe würden sofort eine Rettungsaktion einleiten, wenn sie nicht nach Hause kam und per Handy nicht zu erreichen war.

»Das waren finstere und große Zeiten gleichermaßen«, fuhr Scar fort. »Die Unterwelt wütete mit einer Brutalität im Reich der Sterblichen, die man bis dahin weder bei den primitiven Stämmen noch in Roms großer Arena gesehen hatte. Die Geheimnisse der schwarzen Künste waren noch nicht verloren gegangen, als ich wieder erwachte.«

»Was für Geheimnisse?«, fragte Todd.

»Da wäre zum Beispiel ein Trank, der *Wächtern des Lichts* die Fähigkeit raubt, sich zu bewegen und zu orben.« Scar sah Paige unverwandt an, während er redete, und holte ein kleines Glasfläschchen aus der Tasche seiner schwarzen Jacke. »Er ist aus sehr seltenen und kostbaren Zutaten hergestellt, daher ist er auch so wirkungsvoll. Das ist er doch, nicht wahr?«

Selbst wenn sie hätte sprechen können, hätte Paige diese Frage nicht beantwortet. Zu sehen, wie Todd begierig jedes Wort von Scar aufsog, deprimierte sie zutiefst. Sie spürte es deutlich: Der Zwölfjährige war leicht zu beeindrucken und begann sich natürlich für die Verlockungen zu interessieren, die der *Wächter der Finsternis* ihm ausmalte.

»Du darfst es niemandem verraten«, sagte Scar, als wolle er Paige ins Vertrauen ziehen, »aber ich bin der einzige *Wächter der Finsternis*, der das Rezept kennt. Das wird sich allerdings bald ändern.«

Die ungeheure Tragweite seiner Worte traf Paige wie ein Elektroschock mitten ins Herz. Ein Trank, der *Wächter des Lichts* bewegungsunfähig und hilflos machte, ermöglichte es einem schwer bewaffneten *Wächter der Finsternis*, gleich mehrere von ihnen auszulöschen.

»Die meisten meiner Art sind entweder zu stolz oder sie jagen viel zu gern, um ein solches Hilfsmittel zu benutzen.« Scar schüttelte verächtlich den Kopf. »Diese Narren tun so, als wären das Gute in der Welt und die *Wächter des Lichts* endlich und daher ausrottbar.«

Wenn es keine *Wächter des Lichts* mehr zu töten gäbe, was würden *Wächter der Finsternis* dann eigentlich machen?, überlegte Paige, aber Scars nachfolgende Enthüllung warf ganz andere Fragen auf.

»Leider stammen einige der benötigten Zutaten, die ich über die Jahre habe horten können, von ausgestorbenen Spezies.« Scar winkte Todd zu sich und legte ihm eine Hand auf die Schulter.

Paige musterte den Jungen eingehend. Er hatte einen Kratzer an der Wange und einen violett schimmernden Bluterguss am Arm. Aber er war lebendig.

»Doch die Rezeptur des Tranks wird nicht verloren gehen. Sie gehört zu den zahlreichen alten Kunstgriffen, die ich an meinen Schützling weitergeben möchte.« Scar beugte sich vor und funkelte Paige böse an. »Dieses Geheimnis wirst du allerdings mit ins Grab nehmen.«

Todd zeigte sich vollkommen ungerührt. Aber obwohl er den Gleichgültigen spielte, wollte Paige nicht glauben, dass er ein kaltblütiger Killer war. Sollte sie sich jedoch dermaßen in ihm getäuscht haben, würde sie sich zukünftig nicht mehr auf ihre Intuition verlassen können, was die Beurteilung von Jugendlichen anging.

Wenn ich überhaupt eine Zukunft habe, dachte sie.

Scar hob einen Arm, und in seiner Hand erschien eine Armbrust. Schwarzes Gift klebte an der Spitze des eingelegten Pfeils. Er gab die Waffe an Todd weiter.

Paige glaubte, Zweifel in Todds Blick aufflackern zu sehen, fragte sich jedoch, ob es sich dabei nicht um reines Wunschdenken handelte. Todd nahm die Armbrust, setzte aber nicht zum Schuss an.

»Sie ist gekommen, um dich in den Jugendknast zu bringen, Todd«, sagte Scar. »Du weißt, was das bedeutet.«

Was? Paige starrte Todd an und hoffte, er würde ihren verzweifelten Blick richtig deuten. Was Scar gesagt hatte, war eine Lüge, aber das konnte der Junge nicht wissen.

»Sechs qualvolle Jahre, bevor die Jugendfürsorge dich freilässt, wenn du achtzehn geworden bist.« Scar seufzte. »Sechs Jahre lang schlechtes Essen, harte Arbeit, Paukerei und keine Vergünstigungen, und dann setzen sie dich mit leeren Taschen vor die Tür. Ja, so sieht deine Zukunft aus, wenn es nach Paige geht.«

Paige versuchte, den Kopf zu schütteln, aber es gelang ihr nicht. Sie hatte nie vorgehabt, den Jungen ins Jugendgefängnis verlegen zu lassen, aber Scars Beschreibung des dort herrschenden Alltags verlieh seiner Behauptung Glaubwürdigkeit. »Falls du überhaupt so lange am Leben bleibst«, fügte Scar hinzu. »Paige ist es egal, ob du draufgehst oder nicht, Todd. Sie ist nicht so wie Ray und ich.«

Paige merkte, wie sich trotz der Wirkung von Scars Zaubertrank ihr Puls und ihre Atmung beschleunigten. Keine der abscheulichen, blutrünstigen, dämonischen Kräfte, die sie kennen gelernt hatte, seit sie eine der *Zauberhaften* geworden war, hatte ihr so viel Angst gemacht wie der in Todds braunen Augen schwelende Hass.

Der Gedanke an das verkorkste Schicksal des Jungen trieb ihr die Tränen in die Augen. Todd war doch nur ein Jugendlicher, der eine leidvolle, tragische Kindheit hinter sich hatte und für seine Zukunft nur schlechte Perspektiven sah. Unter dem Einfluss des korrupten Heimleiters und dieses verlogenen *Wächters der Finsternis* fehlte dem Jungen jegliche ernst gemeinte Hilfe.

»In *Bay Haven* dagegen stehst du dich viel besser, Todd«, erklärte Scar. »Aber du kannst nur hier bleiben, wenn Paige von uns geht.«

Paige sah entsetzt zu, wie der Junge die Armbrust anlegte.

»Töte sie, Todd«, drängte Scar. »Es ist die einzige Möglichkeit.«

Die Finger des Jungen schlossen sich fest um die Waffe, als er sie anhob und auf Paige zielte.

Jeder Muskel in Paiges Körper spannte sich an. Das Gift der *Wächter der Finsternis* war tödlich.

»Oh-oh.«

Piper war gerade dabei, die Erde um eine frisch eingesetzte Paprikapflanze festzudrücken, und schreckte auf, als Leo sich abrupt aufrichtete und auf den Stiel seines Spatens stützte. »Was ist?«, fragte sie.

»Es geht um Paige.« Leo warf den Spaten zur Seite. »Sie ist in großen Schwierigkeiten.«

»Was fehlt ihr?« Piper sprang auf und zog die Gartenhandschuhe aus. Sie dachte an den narbengesichtigen *Wächter der Finsternis* und warf einen Blick Richtung Westen. Die Sonne war gerade hinter den Dächern der Nachbarhäuser untergegangen.

»Ich weiß es nicht«, entgegnete Leo, »aber ihre Angst ist so groß, dass ich sie spüren kann.«

»Das muss der *Wächter der Finsternis* sein, Leo.« Piper sah zu Boden. Sie hatte gespürt, wie Paige Angst bekommen hatte, wann immer von ihm die Rede gewesen war, und sie konnte es ihrer Halbschwester nicht verdenken. Die *Zauberhaften* waren vielen tödlichen Bedrohungen ausgesetzt, aber Piper und Phoebe hatten kein *Wächter-des-Lichts*-Blut in ihren Adern und trugen auch nicht die zusätzliche Last auf ihren Schultern, von *Wächtern der Finsternis* gejagt zu werden.

»Sie ist entweder in die Enge getrieben oder gefangen ...« Leo schnappte nach Luft.

»Bitte, nein ...« Piper schlug sich die Hand vor den Mund und rechnete mit dem Schlimmsten: dass Leo gerade gespürt hatte, wie Paige gestorben war. »Paige?« fragte sie sanft.

Leo schüttelte den Kopf. »Nein, das war jetzt Phoebe, aber ... sie ist verschwunden.«

»Verschwunden?« Piper wurde leichenblass. »Was soll das heißen?«

»Ich habe ganz kurz irgendetwas gespürt. Vielleicht war es Panik.« Leo atmete vernehmlich aus und schüttelte frustriert den Kopf. »Ich weiß nicht, was es war. Es geschah alles so schnell. Ich war einen Augenblick lang mit Phoebe verbunden – und dann ... nichts mehr.«

Piper bekam eine ganz trockene Kehle und kämpfte gegen die Tränen an, die ihr in die Augen stiegen.

»Phoebe ist nicht mehr auf meinem Radar, Piper.« Leo strich Piper über die Wange. »Kannst du sie mit dem Pendel suchen, während ich Paige helfe?«

Piper war klar, warum er Paiges Hilferuf nicht ignorieren konnte. Und sie selbst konnte auch nicht einfach dastehen und nichts tun – nicht, solange ihr Mann und ihre Schwestern in tödlicher Gefahr schwebten.

Mit der *Macht der Drei* konnten sie den *Wächter der Finsternis* auslöschen, aber sie wussten nicht, wo Phoebe war, wie es ihr erging oder ob sie den Zauberspruch fertiggestellt hatte. Abgesehen davon war der Spruch nutzlos, wenn die *Zauberhaften* nicht vereint waren.

»Wenn der *Wächter der Finsternis* Paige in seiner Gewalt hat«, sagte Piper, »orbst du direkt in die Falle.«

»Ich habe keine andere Wahl.« Leo löste sich von Piper.

»Ich weiß, aber ich habe eine Idee.« Piper seufzte. »Es ist riskant, und vielleicht klappt es auch gar nicht, aber es ist das Beste, was mir auf die Schnelle einfällt.«

»Leg los!«, verlangte Leo.

Stöhnend kam Phoebe wieder zu sich.

Ihr Kopf lag auf dem Lenkrad. Ein paar Sekunden lang wusste sie nicht, wo sie sich befand und was geschehen war. Sie setzte sich auf, fasste sich an die Stirn und starrte entsetzt auf das Blut an ihren Fingern.

Sie blinzelte einige Male, um wieder klar zu sehen. In ihrem Schoss lag ein zusammengefaltetes Blatt Papier und eine Visitenkarte. Die Windschutzscheibe wies einige Risse auf. Der Dampf, der unter der Motorhaube hervorquoll, half ihrem Gedächtnis auf die Sprünge.

Nebel!

»Verdammt!« Phoebe stockte der Atem, als die Erinnerung an die vergangenen Minuten zurückkehrte. Sie war von der Straße abgekommen, als Paiges Visitenkarte bei ihr eine Vision ausgelöst hatte.

Ein Adrenalinstoß trieb sie zum sofortigen Handeln an. Das Auto konnte anfangen zu brennen, und sie musste sofort hier raus. Sie riss und rüttelte am Türgriff, jedoch ohne Erfolg. Bei dem Aufprall gegen den dicken Baum hatte sich das Metall des Türrahmens offensichtlich verzogen.

»Ruhig bleiben und nachdenken!« Phoebe atmete tief durch und bemerkte, dass der Zündschlüssel immer noch auf ON stand.

Sie betätigte den Knopf für den elektrischen Fensterheber auf der Fahrerseite. Zwar ertönte ein Surren, aber die Fensterscheibe klemmte in dem verbogenen Metallrahmen fest und bewegte sich keinen Millimeter.

Andere Seite! Phoebe drückte verzweifelt auf den Knopf

für das Beifahrerfenster. Als sich auch das nicht öffnen ließ, löste sie ihren Sicherheitsgurt, schnappte sich den Zettel mit dem Zauberspruch und das Handy und kletterte auf den Rücksitz. Die Türen im Fond gingen ohne Probleme auf, und Phoebe ließ sich kurzerhand nach draußen ins hohe Gras fallen.

Wieder einmal erwiesen sich die anstrengenden Stunden des Überlebenstrainings mit Cole als äußerst nützlich. Blitzschnell rollte Phoebe von dem zerbeulten Auto weg, sprang auf die Beine und entfernte sich rasch aus der Gefahrenzone. Dann atmete sie erst einmal durch, wischte sich einen Tropfen Blut von der Schläfe und besah sich den Schaden aus sicherer Entfernung.

Sie hatte zwar gerade ihren Wagen zu Schrott gefahren, aber der Unfall hätte weitaus schlimmer enden können. Als die Vision sie in Trance versetzt hatte, war sie von der Straße abgekommen und einen kleinen Hügel hinaufgefahren. Durch die Steigung war das Auto ausgebremst worden, bevor es gegen den Baum prallte, und Phoebe waren schwere Verletzungen erspart geblieben.

Oder Schlimmeres, dachte sie und schauderte. Da sie jedoch nur ein paar Beulen, blaue Flecke und eine kleine Schnittwunde davongetragen hatte, verdrängte sie diesen Gedanken rasch wieder.

Die dritte Dunst-und-Stein-Vision hatte den Tod gezeigt, wenngleich nicht ihren eigenen.

Phoebe schwankte, und ihr wurde plötzlich schwindelig von dem Stoß, den ihr Kopf abbekommen hatte. Sie ging in die Knie und krümmte sich vor Übelkeit. Rasch schloss sie die Augen, um die körperlichen Symptome der verspäteten Stressreaktion zu vertreiben, während ihr die furchtbare Vision durch den Kopf schoss.

Dünne Nebelfetzen zogen geisterhaft über feuchte, moosbedeckte Steine ... Ein Aufflackern von Trotz in Paiges Augen, als der Pfeil des *Wächters der Finsternis* in ihr Herz eindrang und den sofortigen Tod brachte ... Und dann schälte sich Fleisch von Knochen, und Todds Geist erhob sich von den Skelettüberresten. Mit schwarzer Hand legte er die Armbrust an und schoss ... auf Leo ...

Phoebe musste würgen. Sie wünschte, sie könnte die schrecklichen Bilder aus ihrer Erinnerung löschen. Wenn die Vision eintraf, würde Paige von Todd hingerichtet werden, der wiederum würde von dem narbengesichtigen *Wächter der Finsternis* zu Tode gebracht werden, um zu einem jungen *Wächter der Finsternis* zu werden und Leo zu töten. Da in der Vision noch immer etwas Nebel zu sehen gewesen war, ließ sich der Lauf der Ereignisse wahrscheinlich noch beeinflussen, aber allmählich war Eile geboten.

Phoebe rappelte sich auf und blickte zu der zweispurigen Landstraße hinüber. Seit sie wieder zu sich gekommen war, war noch kein Fahrzeug vorbeigekommen. Auch vor ihrem Unfall war sie praktisch allein auf dieser Straße gewesen, wie sie sich nun erinnerte.

Immer noch stieg zischend Dampf aus dem Kühler. Dieses Auto fuhr nirgendwohin.

Phoebe versuchte, ihr Handy einzuschalten, aber das Display blieb schwarz. Entweder war das Gerät bei dem Unfall beschädigt worden oder der Akku war leer oder die magische Störung durch den *Wächter der Finsternis* war immer noch in Kraft. Wütend warf sie das Telefon neben dem Auto ins Gras.

»Leo!« Verzweifelt rief sie nach dem *Wächter des Lichts* und kletterte den Hügel hinauf. Als sie vor dem kleinen Wald ankam, war sie zu der Gewissheit gelangt, dass ihr Retter nicht kommen würde.

Weil er tot war oder weil er zunächst einmal Paige in Sicherheit bringen musste?

Die Antworten auf die vielen Fragen, die Phoebe quälten, warteten in *Bay Haven*, nur ein paar Kilometer von hier entfernt. Sie musste so schnell wie möglich dort hin!

Es per Anhalter zu versuchen, brachte auf der kaum befahrenen Straße nicht viel. Abgesehen davon sah sie mit ihren

Trainingsklamotten und der klaffenden Wunde im Gesicht aus wie ein Flüchtling in einem Katastrophenfilm. Jeder, der anhielt, um sie mitzunehmen, würde sie direkt ins nächste Krankenhaus bringen wollen.

»Wie weit ist es überhaupt bis *Bay Haven*?«, murmelte Phoebe, als sie gebückt ins Dickicht des Waldes vordrang. Als sie von der Straße aus nicht mehr zu sehen war, nahm sie den zusammengefalteten Zettel mit dem Spruch zwischen die Zähne und schwebte langsam nach oben, um sich zu orientieren.

Die Straße machte eine Kurve nach links und führte dann schnurgerade auf das große Anwesen zu. Wenn man ihr folgte, betrug die Entfernung etwa anderthalb Kilometer, schätzte Phoebe, in der Luftlinie jedoch deutlich weniger als einen Kilometer.

Dann nehme ich die Abkürzung, dachte Phoebe, als sie wieder zu Boden sank, und machte sich auf den Weg.

Paige starrte auf den Pfeil in der Armbrust und zählte die Sekunden.

Es hatte auch zuvor schon brenzlige Situationen gegeben, aber diesmal war die Lage entmutigend eindeutig. Es überraschte sie, wie ruhig sie im Angesicht des unmittelbar bevorstehenden Todes war. Ihre schlimmsten Befürchtungen bewahrheiteten sich, aber ihre Entschlossenheit war unerschütterlich. Die bedrohliche Anwesenheit des *Wächters der Finsternis* und seine grausamen Direktiven vermochten ihren Mut nicht zu brechen.

»Zögere es hinaus, Todd!«, sagte Scar. »Genieße die Angst, die du in ihren Augen siehst. Lass sie leiden!«

Seine raue Stimme schien eine hypnotische Wirkung auf den Jungen zu haben. Todd schwankte leicht, beobachtete Paige und tat, was Scar ihm sagte. Plötzlich wurde Paige klar, dass Scar den Schuss bewusst hinauszögerte – einen Augenblick jedenfalls noch.

Warum nur?, fragte sie sich. Die Gnadenfrist war nur von

höchst kurzer Dauer, aber ihre Erleichterung war groß. Mit jeder Sekunde gewann sie kostbare Zeit, die ihr unter Umständen das Leben rettete. Und was ist mit Leo?, dachte sie.

Plötzlich dämmerte es ihr: Leo war der Grund, warum sie immer noch am Leben war.

Paige versetzte sich im Geist einen Tritt. Warum war sie nicht schon früher darauf gekommen? Es war eindeutig!

Der *Wächter der Finsternis* wollte sie als Köder benutzen, um den *Wächter des Lichts* anzulocken, und dieses Manöver würde nicht funktionieren, wenn Leo wusste, dass sie tot war. Scars makabere Kommentare dienten allein dazu, ihr möglichst viel Angst zu machen, damit Leo ihre Notlage deutlich spürte.

Und da der *Wächter des Lichts* noch nicht zu ihrer Rettung herbeigeorbt war, konnte sie ihn vielleicht immer noch retten. Allerdings nicht, indem sie sich frohe Gedanken machte.

»Siehst du?«, sagte Scar zu Todd und zeigte auf Paige. »In ihren Augen glühen der Lebenswille und die falsche Hoffnung, die wir mit unserem Zögern geweckt haben. Sollen wir die Qual verlängern oder ihrem Elend ein Ende machen?«

Hoppla!, dachte Paige und zuckte zusammen. Vielleicht war Leo doch nicht das Ziel. Sie hatte ganz gewiss nicht vorgehabt, ihren Peiniger auf dumme Gedanken zu bringen ...

Überrascht stutzte Paige. Sie hatte sich plötzlich bewegt! Es war zwar nur ein Zucken gewesen, aber es wies darauf hin, dass Scars Lähmungszauber schwächer zu werden begann. Vielleicht war das alte Bewegungsunfähigkeitsmittel bei halben *Wächtern des Lichts* nicht voll wirksam.

Da die gesamte Aufmerksamkeit des *Wächters der Finsternis* dem Jungen galt, hatte er das verräterische Zucken in Paiges Gesicht nicht bemerkt.

»Warten wir noch«, sagte Todd. Seine Haltung war genauso starr wie sein Blick, den er auf Paige gerichtet hielt.

»Ja, warten wir noch.« Scar wirkte verärgert. Suchend blickte er in den Hof.

Er lauert auf Leo, dachte Paige. In Anbetracht ihrer schrecklichen Notlage war sein Nichterscheinen unerklärlich.

Doch wenn man sah, wie nervös Todds Finger die tödliche Armbrust umklammerten, war es nur verständlich, wenn Leo nicht einfach so aus dem Nichts materialisierte. Falls der Junge seinen teuflischen Mentor noch nie beim Schimmern beobachtet hatte, betätigte er womöglich vor Schreck den Abzug, wenn er plötzlich jemanden orben sah.

Das Orben war allerdings die einzige realistische Chance, die Paige blieb – vorausgesetzt, sie erlangte mehr Bewegungsfreiheit, bevor Scar zu dem Schluss kam, dass sie als Lockmittel ausgedient hatte.

Als Scar sie wieder ansah, verzog Paige keine Miene. Jede Aussicht auf Flucht war vertan, wenn der Killer den Verdacht schöpfte, dass sein Trank doch nicht so gut funktionierte wie er annahm. Sie atmete entspannter, als Scar seinen Blick durch das Gemäuer schweifen ließ, aber wie sie sehr deutlich spürte, waren seine Geduld und ihre Gnadenfrist fast zu Ende.

Sie hatte nur einen Versuch zum Orben. Wenn dieser misslang, war sie tot.

Paiges linke Hand war unter ihren Körper gerutscht, als Scar sie aufgerichtet und gegen die Wand gelehnt hatte. Mit unbeteiligter Miene versuchte sie unauffällig, ihre Finger zu bewegen.

Sie zuckten.

Paige spannte jeden einzelnen Muskel an, um ihre zitternde Hand ruhig zu stellen. Die Wirkung des Tranks ließ schneller nach, als sie gedacht hatte.

Jetzt oder nie!, dachte Paige, als Scar sie plötzlich wieder ansah. Sie nahm ihre ganze Kraft zusammen und konzentrierte sich.

Als sie in einem Wirbel aus weißem Licht verschwand, riss Todd erstaunt die Augen auf.

»Schieß!«, befahl Scar.

Zu spät, Scar!, hätte Paige dem *Wächter der Finsternis* am liebsten zugerufen, als sie verschwand.

Doch in der Sekunde, da der Ort des Geschehens vollständig vor ihren Augen verblasste, sah sie, wie Leo und Piper in den Hof orbten.

12

PHOEBE LEGTE NOCH EINEN ZAHN ZU, als sie *Bay Haven* durch die Bäume erblickte. Sie hatte sich von der Landstraße fern gehalten und den dichten Wald in einer hervorragenden Zeit durchquert.

Im Schatten einer großen Eiche blieb sie stehen und sondierte das Gelände, das zwischen ihr und dem Heim lag. Es gab nur wenige Bäume, die Deckung boten. Sie hörte knatterndes Motorengeräusch und entdeckte die schwachen Scheinwerfer eines Traktors auf der Wiese, die hinter den gepflegten Rasenflächen lag, die das Heim umgaben. Der Fahrer war vermutlich Herman, der Hausmeister und Gärtner.

Im nachlassenden Tageslicht sah Phoebe, wie der Mann sich über das Lenkrad beugte und aufmerksam auf die hohen Gräser blickte, die von den rotierenden Klingen erfasst wurden. Nach einer scharfen Rechtswende fuhr der Traktor einen Hügel hinunter. Phoebe entspannte sich ein wenig, als das Gefährt ihrem Blick entschwand.

Wieder waren ihr die Trainingsstunden mit Cole von großem Nutzen. In den vergangenen Wochen hatten sich ihre Kondition und ihre Geschwindigkeit rasant verbessert. Wenn der Trecker in den nächsten Minuten keine plötzliche Kehrtwende machte und im Haus niemand aus dem Fenster sah, konnte sie die Strecke im Sprint überwinden, ohne entdeckt zu werden.

Phoebe atmete tief durch und ballte die Hand, in der sie den Zettel mit dem Zauberspruch hielt, zur Faust. Dann brach sie aus der schützenden Deckung des Waldes und rannte über das kurz geschnittene Gras. Ihre Sneakers stampften in einem gleichmäßigen Stakkato über den Boden, und das half ihr, das mörderische Tempo beizubehalten.

Als sie ihr Ziel fast erreicht hatte, kam ihr plötzlich Cole in den Sinn, wie er von seinen Gesetzesbüchern aufsah, um sie anzufeuern. Als sie gemerkt hatte, dass die Handys nicht funktionierten, hatte sie sich große Sorgen um Paige und Leo gemacht. Cole hingegen hatte sie immer noch in der Universitätsbibliothek vermutet. Nun fragte sie sich jedoch, ob der *Wächter der Finsternis* Coles Anruf vielleicht nur ein wenig manipuliert hatte. Vielleicht wartete ihr Liebster ja auf einem anderen Parkplatz auf sie.

Dann ist er zwar total sauer und wütend, aber immerhin in Sicherheit, dachte sie. Sie schob die Gedanken an Cole beiseite, als in der vor ihr liegenden Einfahrt ein bläulich weißer Lichtwirbel erschien.

Paige materialisierte der Länge nach hingestreckt auf dem Boden. Als sie Gestalt angenommen hatte, rappelte sie sich auf und taumelte auf den Straßenrand zu.

Phoebe änderte ihre Laufrichtung, um sie abzufangen. Was immer Paige vor dem Orben durchgemacht hatte, es hatte sie auf jeden Fall geschwächt und ihr die Orientierung geraubt.

»Phoebe!« Ein angespanntes Lächeln erhellte Paiges Gesicht, als ihre Schwester plötzlich vor ihr stand.

»Hier sind wir zu ungeschützt.« Phoebe zeigte auf das Haus, nahm Paige am Arm und zog sie mit sich. »Komm!«

Sie stützte ihre Schwester und führte sie zu zwei ausladenden Wacholderbüschen, hinter denen sie sich versteckten. Dicht an die dahinter liegende Mauer gedrängt setzten sie sich.

»Was ist dir zugestoßen?«, fragte Phoebe.

Paige zählte die einzelnen Stationen ihres Leidens an den Fingern ab. »Von Ray k.o. geschlagen, von Scars Trank bewegungsunfähig gemacht und von Todd fast getötet.«

»Also hat sich die Vision bewahrheitet!«, rief Phoebe.

»Nein.« Paige schüttelte den Kopf. »Todd wollte mich töten und nicht Leo.«

»Ich habe mittlerweile eine dritte Vision gehabt«, berichtete Phoebe. »Todd tötet dich. Und Scar tötet Todd. Dann wird Todd *Wächter der Finsternis* und tötet Leo.«

»Oh.« Paige blickte nachdenklich drein. »Gab es Nebel?«

Phoebe nickte. »Ja, und da du dich aus der Affäre herausorben konntest, heißt das, die Ereignisse sind noch nicht besiegelt. Was auch immer jetzt gerade vor sich geht, aber das habe ich nicht gesehen.«

»Scar ist *das*, was gerade vor sich geht.« Paiges Augen funkelten vor Entrüstung. »Er will Todd auf die Seite des Bösen ziehen, und ich weiß nicht, ob es vielleicht schon zu spät ist, ihn daran zu hindern.«

»Wenn wir zu dritt wären ...« Phoebe hielt den zerknüllten Zettel hoch. »Ich hätte da einen Spruch, mit dem wir einen narbengesichtigen *Wächter der Finsternis* vernichten können.«

Paige fasste Phoebe lächelnd am Arm. »Prima, und ich habe die dritte Hexe.«

Egal wie oft Phoebe schon als Passagierin mit Paiges oder Leos Photonenexpress gereist war, es war immer wieder ein besonderes Erlebnis. Sie bekam es jedes Mal mit der Angst zu tun, wenn ihr Bewusstsein die unendliche Weite des Kosmos streifte, und war immer sehr erleichtert, wenn sie sich wieder zu einem Menschen aus Fleisch und Blut zusammensetzte. Aber wie immer, wenn sie durch einen Notfall zum Orben gezwungen war, blieb ihr auch diesmal keine Zeit, um über die beunruhigenden Aspekte dieser Transportart nachzudenken.

Phoebe und Paige materialisierten in einem von Mauern eingefassten Hof, als die Sonne unterging. Die Schatten des späten Nachmittags lösten sich in der Dämmerung auf, und die düstere Atmosphäre wurde von den verdorrten Pflanzen, den feuchten Steinen und zerbrochenen Statuen noch verstärkt.

Es gab keinen Nebel – weder echten noch symbolischen.

Phoebe war froh, dass ihr die vierte und letzte Vision erspart geblieben war, die enthüllte, welches Ende die Geschichte nahm. Normalerweise zeigten ihr die Visionen, wie die Zukunft verlaufen würde, wenn sie und ihre Schwestern nicht eingriffen. Doch die Dunst-und-Stein-Prophezeiung verwehrte es ihnen, etwas an der Situation zu ändern. Und weil Phoebe nicht wusste, was das Schicksal auf Lager hatte, wollte sie sich fortan ganz auf ihren Instinkt verlassen.

Als sie und Paige im Hof erschienen, ließ Piper Todd gerade erstarren, der im Begriff gewesen war, einen Pfeil aus der Armbrust auf Leo abzuschießen.

»Vor ein paar Minuten hat er mit dem Ding auf *mich* gezielt«, murmelte Paige.

Ganz schön knapp, dachte Phoebe und sah sich um.

Sie und Paige waren in einem erhöhten Steingartenbeet voller toter brauner Pflanzen materialisiert. Piper und Leo standen fünf Meter von ihnen entfernt. Todd war mitten in einer Hundertachtzig-Grad-Drehung um die eigene Achse erstarrt. Offenbar hatte ihn das Auftauchen von Leo und Piper erschreckt. Durch Pipers Eingreifen waren er und seine Armbrust für den Augenblick ungefährlich.

Der *Wächter der Finsternis* stand ein paar Meter rechts von Phoebe, zwischen den Hexen. An dem großen, kräftigen, muskulösen Kerl war Pipers magischer Trick spurlos vorübergegangen.

»Wo habt ihr beiden so lange gesteckt?«, fragte Piper und hob eine Augenbraue.

»Ach, wir hatten in der Einfahrt noch einen kleinen Erfahrungsaustausch«, gab Paige zurück.

»Wie könnt ihr es wagen, in meiner Anwesenheit Witze zu machen!« Scars schwarze Augen funkelten vor Zorn. Die Luft um ihn schien von seiner gewaltigen Wut und Macht zu erzittern.

»Witze? Dass wir Todd zum Beispiel davon abhalten wollen, sich das Leben nach dem Tod zu ruinieren?« Phoebe erwiderte den herausfordernden Blick des *Wächters*, ohne mit der Wimper zu zucken. »Tut mir Leid.«

»Nein, es tut ihr nicht Leid«, stellte Piper klar.

Phoebe fragte sich, wie lange sie den *Wächter der Finsternis* noch in ein Gespräch verwickeln konnten. Da sein Plan,

Todd zu einem Mord anzustiften, fehlgeschlagen war, hatte er keinen Grund, noch länger dazubleiben. Er konnte zurück in die Unterwelt schimmern, um sich zu sammeln und wieder anzugreifen – wenn ihn die *Zauberhaften* nicht auf der Stelle vernichteten. Um das zu tun, mussten sie die Formel gemeinsam sprechen, aber Piper befand sich auf der gegenüberliegenden Seite des Hofes.

Phoebe zupfte Paige unauffällig an der Bluse und machte einen Schritt auf Todd zu. Paige nickte ihr kaum merklich zu. Dann setzte sie eine besorgte Miene auf und tat so, als wandere sie ziellos umher, während sie sich entlang der Mauer auf Piper zubewegte.

Phoebe lenkte die Aufmerksamkeit des *Wächters der Finsternis* auf sich, indem sie noch einen Schritt auf Todd zuging. Bei ihrer Annäherung an den erstarrten Jungen gab sie sich Mühe, möglichst großspurig zu wirken.

»Genau, mir tut es eigentlich gar nicht Leid, Mister ...« Als sie neben Todd stand, warf sie einen kurzen fragenden Blick in Richtung des *Wächters*.

»Scar«, sagte Paige, die von der Mauer her auf Piper zuschlenderte. »Er nennt sich Scar.«

»Wer hätte das gedacht!«, bemerkte Piper.

Die erboste Reaktion des *Wächters der Finsternis* auf ihre Respektlosigkeit hatte ihnen einen psychologischen Vorteil beschert. Phoebe legte noch einen drauf und gab sich noch unverschämter als vorher.

»Ist doch wurscht!«, sagte sie und machte eine wegwerfende Handbewegung, als sei ihr Scar herzlich egal. Sie rechnete damit, dass der *Wächter der Finsternis* in seiner Arroganz das letzte Wort haben wollte. »Du kannst uns nichts anhaben!«

In diesem Augenblick löste sich Todd aus seiner Erstarrung. Schon betätigte er den Abzug, bevor Piper ihn erneut kampfunfähig machte. Nun war Eile geboten, denn wenn der Junge sich das nächste Mal in Bewegung setzte, ging der Pfeil los.

»Kann ich nicht?«, knurrte Scar und bedachte Todd mit einem triumphierenden Blick.

Trotz der Besorgnis um Paige und Leo hatte Phoebe ihre Hauptaufgabe nicht vergessen, die Rettung Unschuldiger. Solange Todd noch keine unwiderrufliche böse Tat begangen hatte, gab es noch Hoffnung.

»Diesen Jungen wirst du nicht bekommen«, sagte Phoebe. »Du wirst verlieren!«

»Närrin!«, schnaubte Scar. »Ich habe euch doch schon besiegt.«

»Wie das?«, fragte Leo.

Phoebe sah den *Wächter der Finsternis* unverwandt an, während sie sich langsam vorwärts bewegte. Paige war zwei Schritte von Piper entfernt stehen geblieben.

»Wenn der Erstarrungszauber nachlässt, wird Todds Pfeil zen abgeschossen, und dann ist sein Schicksal besiegelt.« Scar sprach mit unverhohlener Verachtung, als habe er ausgemachte Schwachköpfe vor sich.

Phoebe war keineswegs beleidigt. Dass Scar sich den drei Hexen überlegen fühlte und sich unbesiegbar wähnte, würde letztlich zu seinem Untergang führen.

Phoebe zwang sich, keine hastigen Bewegungen zu machen. Wenn Scar merkte, dass die *Macht der Drei* im Begriff war, sich zu vereinen, konnte er ihnen mit Leichtigkeit entwischen.

»Es braucht nicht mehr viel, um die Seele des Jungen rettungslos zu verderben«, erklärte Scar. »Todd gehört mir, sobald er tot ist. Ob als Kind oder als Erwachsener, ist mir ziemlich egal.«

Phoebes Empörung wuchs, als sie sich neben Piper stellte. Scar tat ja so, als hätte er sein jüngstes Opfer regelrecht »adoptiert«!

Dann wollen wir mal sehen, ob ihm das hier auch egal ist!, dachte sie. Als Scar zu schimmern begann, fing sie an, den Zauberspruch aufzusagen.

»Dunkler Feind, der im Nebel stand,
wo niemandes Tod ist gemeißelt in Stein.«

Schwarze Aschepartikel lösten sich von den Konturen des *Wächters der Finsternis*, als Piper und Paige ebenfalls ihre Stimmen erhoben.

Phoebe schlug das Herz bis zum Hals, als ihre Worte tatsächlich Scars Fluchtversuch zunichte machten. Von der Wirkung der mächtigen Formel erfasst zog sich sein Körper krampfhaft zusammen.

»Im Feuer entzündet von unserer Hand
sollst brennen du – samt Fleisch und Gebein.«

Unter großer Anspannung sprachen Phoebe und ihre Schwestern den letzten Satz. Starr und schweigend beobachteten sie sodann, wie der *Wächter der Finsternis* in Feuer und schwarzem Rauch aufging. Auch nachdem das letzte Flämmchen verloschen war, regte sich eine ganze Weile niemand.

»Todd!«, rief Paige schließlich und drehte sich zu dem Jungen um.

Phoebe folgte dem Blick ihrer Schwester. Auf dem Gesicht des erstarrten Jungen lag ein Ausdruck tiefer Verachtung. Wenn sich die Erstarrung löste, würde der Pfeil aus der Armbrust schnellen.

»Es ist schwer zu glauben, dass Todd ein Killer ist.« Piper zog Leo zur Seite und stellte sich schützend vor ihn. Die Waffe des *Wächters der Finsternis* konnte sie zwar schwer verletzen, wenn es ihr nicht gelang, ihn erstarren zu lassen, aber das Gift würde sie nicht umbringen.

»Er ist keiner.« Aus Paiges Blick sprachen Angst und Kummer. »Es kann es einfach nicht sein.«

Wie Phoebe in diesem Augenblick begriff, war Paige nicht nur verzweifelt wegen des möglichen Verlusts des Jungen an die böse Seite. Sie stellte auch ihren Wert als Sozialarbeiterin infrage und hatte Angst davor, wie sich ihr Versagen bei Todd zukünftig auf ihre Fähigkeit auswirkte, anderen zu helfen.

»Todd hat eigenhändig sein Schicksal besiegelt, Paige«, sagte Phoebe. »Es gibt nichts, was du jetzt noch für ihn tun könntest.«

»Ich kann nicht glauben, dass Todd sich für das Böse entschieden hat.« Entschlossen stellte Paige sich in Todds Schusslinie. »Finden wir heraus, ob es wirklich so ist! Wenn er tatsächlich, ohne mit der Wimper zu zucken, töten kann, werden wir es merken, sobald du die Erstarrung löst, Piper.«

»Damit er dich mit dem tödlichen Pfeil erledigt?« Piper sah Paige mit zusammengekniffenen Augen an. »Auf keinen Fall!«

Paige verdrehte die Augen. »Ich kann orben, schon vergessen? Wenn er schießt, verschwinde ich blitzartig – im wahrsten Sinn des Wortes.«

»Wir müssen es herausfinden«, sagte Phoebe. »Ganz ohne Zweifel.«

»Die beiden haben Recht, Piper«, bemerkte Leo. »Die Zukunft des Jungen hängt davon ab, was er als Nächstes tut.«

»Okay, dann los. Alle bereit?« Als Paige nickte, streckte Piper seufzend die Hände aus, um die Erstarrung zu lösen.

Obwohl Paige überzeugt war, aus der Schusslinie orben zu können, machte Phoebe sich bereit, loszuhechten und sie notfalls aus der Flugbahn zu stoßen. Doppelt gemoppelt hält besser, dachte sie, auch die NASA hat ihre Sicherungssysteme und Rettungsanker. Sie hielt die Luft an, als Todd sich zu regen begann.

Paige wich nicht von der Stelle.

Der Aufschrei der Frustration und des Schmerzes, der in Todds Kehle gefangen gewesen war, hallte von den Mauern wieder, als der Junge um die eigene Achse wirbelte und auf die Statue des kopflosen Hirsches schoss. Dann warf er die Armbrust zu Boden und ließ den Kopf hängen.

In Sekundenschnelle war Paige an der Seite des Jungen, schlang die Arme um ihn und barg seinen Kopf an ihrer Schulter. »Alles wird gut, Todd. Es ist vorbei. Alles, was Scar gesagt hat, war gelogen. Alles! Du bist in Sicherheit, Todd. Du bist in Sicherheit.«

»Ich wollte nicht auf Sie schießen«, schluchzte Todd. »Ehrlich, das wollte ich nicht!«

»Ich weiß«, beschwichtigte Paige ihn.

»Also war Todd tatsächlich unser Unschuldiger«, stellte Piper sachlich fest.

»Sieht ganz so aus«, entgegnete Leo.

Als ein Steinbrocken von dem kopflosen Hirsch abbröckelte und zu Boden fiel, wirbelte Piper herum und schoss der Statue ein Bein ab.

»Piper!« Leo warf die Hände in die Luft. »Die Gefahr ist gebannt!«

»*Diese* Gefahr vielleicht.« Piper zuckte verlegen mit den Schultern und schob die Hände in die Hosentaschen. Dann lachte sie. »Stimmt's, oder hab ich Recht?«

»Ein kleines giftiges Problem gibt es aber noch.« Phoebe zeigte auf die Armbrust, die zu Todds Füßen lag.

»Ach ja, die können wir wirklich nicht hier rumliegen lassen.« Piper ließ den Jungen ein Stück zurücktreten und schnippte mit den Fingern. Die Waffe des *Wächters der Finsternis* wurde von einem feurigen Blitz vernichtet.

»Leider sind wir aber immer noch nicht fertig.« Paige löste sich von Todd und ließ einen Arm locker auf seiner Schulter liegen. »Wir müssen uns noch mit Ray Marino befassen.«

»Haben wir denn Beweise für ein Verbrechen?«, fragte Todd.

»Das hängt davon ab, ob Todd gegen ihn aussagt«, entgegnete Paige.

»Ich werde reden.« Todd straffte die Schultern und rückte von Paige ab. »Dieser Typ hasst Kinder. Er hat uns an Scar verkauft.«

»Dann suchen wir ihn wohl besser, bevor er abhauen

kann.« Phoebe sah sich in dem Hof um. »Wie kommen wir von hier ins Haus?«

»Hier entlang!« Todd winkte die anderen herbei und ging auf eine große Flügeltür zu.

Phoebe staunte darüber, wie gut sich Todd nach zwei langen Tagen, in denen er extremem emotionalem Druck ausgesetzt war, in der Hand hatte. Sie konnte nur hoffen, dass die Unverwüstlichkeit, die er in dieser Situation bewies, sich fest in seinem Leben verankerte. Er hatte sich fünf Jahre lang hartnäckig geweigert, den Tod seiner Mutter zu akzeptieren und sein Leben in die Hand zu nehmen. Vielleicht half ihm die Konfrontation mit dem Bösen künftig dabei, die Dinge so zu sehen, wie sie waren, und sachlich zu bleiben. Wenn Todd erkannte, dass es das Gedenken an seine Mutter nicht schmälerte, wenn er glücklich war, konnte er beginnen, für die Zukunft zu leben.

»Hier unten könnte der Vorstand von *Bay Haven* eine prima Spukhaus-Spendenparty abhalten«, bemerkte Piper, als sie in den engen Durchgang gelangten.

»Ich werde es vorschlagen«, entgegnete Paige. »Vorausgesetzt, das Heim bleibt geöffnet, wenn Ray erst einmal unter Anklage steht.«

Phoebe bildete die Nachhut, während sie den langen Korridor entlanggingen, der von einer einzigen Glühbirne beleuchtet wurde und mit Spinnweben durchzogen war. Sie gelangten in einen großen Keller, der als Waschküche und Lagerraum genutzt wurde.

»Kommt man über die Treppe in die Küche?«, fragte Leo den Jungen und übernahm die Führung.

Todd nickte und reihte sich hinter Leo, Piper und Paige ein. »Ich glaube nicht, dass Ray da ist«, flüsterte er den anderen zu.

»Haben die anderen Jungen schon gegessen?«, raunte Paige.

»Wir ... ähm ... wir haben uns vor ein paar Stunden ein Sandwich geteilt.« Todd seufzte. »Ian und Tyrell wollten sich darum prügeln, also haben sie gar nichts bekommen.«

»*Ein* Sandwich für vier Jungen?«, fragte Phoebe ungläubig.

»Soll das ein Witz sein?«, zischte Paige entsetzt und runzelte die Stirn. »Wenn Ray euch nicht ordnungsgemäß versorgt hat, dann ist das ein Verstoß gegen ...«

Leo unterbrach sie mit einer mahnenden Geste und öffnete die Tür am Ende der Treppe. Es war niemand in der Küche, aber vom vorderen Teil des Hauses drangen wütende männliche Stimmen zu ihnen.

»Wo sind die anderen Jungen jetzt?«, fragte Leo leise.

»Wahrscheinlich vor dem Fernseher oben im Aufenthaltsraum«, antwortete Todd.

Vorsichtig bewegte sich die ganze Gruppe den Korridor hinunter, der in die große Eingangshalle führte. Aus den Gesprächen mit Paige wusste Phoebe, dass abgesehen von Ray und dem Hausmeister nur noch ein Koch und ein Lehrer im Heim angestellt waren. Es war nicht herauszuhören, wie viele von ihnen an der hitzigen Diskussion beteiligt waren, die in dem Büro neben der Eingangstür stattfand.

»Hadie!« Todd lief auf den Katzenkorb zu, der auf dem Boden stand, und kniete sich davor. »Alles in Ordnung?«, fragte er und spähte durch das Gittertürchen.

Die rotgetigerte Katze miaute.

Piper und Paige kamen gerade aus der Küche, als Leo in die große Bibliothek trat, die Ray als Büro nutzte.

»Cole?«, hörten sie den *Wächter des Lichts* verwundert rufen.

Phoebe blieb erstaunt in der Tür stehen. Cole hatte Ray am Hals gepackt und drückte ihn gegen die Wand.

»Hallo Leo!« Cole sah lächelnd von Leo zu den Überwachungsmonitoren. »Ich habe unseren Freund hier erwischt, als er gerade abhauen wollte. Wahrscheinlich hat ihm der Film mit dem Ableben des *Wächters der Finsternis* nicht gefallen.«

Phoebe betrat den Raum. Der Videomitschnitt, auf dem zu sehen war, wie Scar in Flammen aufging, flimmerte in einer Endlosschleife immer wieder über den mittleren Monitor.

»Wie bist du überhaupt hergekommen, Cole?«, fragte Leo.

»Als ich telefonisch niemanden erreicht habe, dachte ich mir, dass ihr alle hier draußen seid, und hab mich sofort auf den Weg gemacht, um zu helfen.« Cole umklammerte Rays Hals noch fester, als der drahtige Heimleiter sich zu wehren versuchte. Als Cole sich wieder umdrehte, strahlte er übers ganze Gesicht. »Hallo, Phoebe!«

»Hi!«

»Und den anderen geht es auch gut?«, fragte Cole. »Was ist mit Piper und Paige?«

»Sie sind wohlauf«, antwortete Phoebe.

»Hervorragend. Dann brauchen wir ihn ja nicht mehr.« Cole holte aus und verpasste Ray einen ordentlichen Kinnhaken. Kopfschüttelnd drehte er sich zu Phoebe um und runzelte die Stirn. »Ich dachte, du wolltest mich anrufen?«

»Wollte ich?« Phoebe grinste. Ende gut, alles gut!, dachte sie, und Cole wird ja nicht ewig sauer sein.

13

»HALLO!« PAIGE KNALLTE DIE HAUSTÜR zu und eilte in die Küche. »Wo seid ihr denn alle?«

»Hier draußen, Paige!«, rief Piper aus dem Garten durch das geöffnete Fenster. Sie lächelte und winkte mit einer Hacke. Mit ihren hochgekrempelten Jeans, dem karierten Hemd und dem breitkrempigen Strohhut sah sie aus wie ein richtiges Landei.

Phoebe saß auf einem Gartenstuhl, las ein Buch und trank Eistee aus einem hohen, gekühlten Glas. Sie schob ihre Sonnenbrille ein Stück die Nase hinunter und spähte lächelnd über den Rand. »Nimm dir was Kaltes zu trinken und komm raus, Paige!«

Paige stellte ihre Tasche auf die Küchentheke und holte sich auf dem Weg nach draußen eine Dose Mineralwasser aus dem Kühlschrank. Sie blieb wie angewurzelt stehen, als sie sah, was Piper mit ihrem grünen Daumen im Garten vollbracht hatte. Sie selbst hatte in der Woche, nachdem sie Scar besiegt hatten, so viel zu tun gehabt, dass sie sich gar nicht um die »Farm«, wie Pipers Garten liebevoll von Freunden und Familienmitgliedern genannt wurde, gekümmert hatte.

»Was ist das denn?«, fragte sie.

»Das da?« Piper zeigte auf die über einen Meter großen, üppigen Pflanzen, die von Holzstäben und Drahtkegeln gestützt wurden. Sie waren beladen mit reifen roten Früchten in der Größe von Apfelsinen. »Tomaten!«

»Das sind ja wahre Prachtexemplare!« Paige öffnete die Sodadose und nahm einen großen Schluck. »Ich weiß ja nicht, womit du diese Pflanzen gedüngt hast, aber wir müssen das Zeug auf jeden Fall vermarkten!«

»Das habe ich auch schon vorgeschlagen.« Phoebe seufzte. »Mit der Halliwell-Düngemittel-Company könnten wir ein kleines Vermögen machen.«

»Wenn es nicht diese Gewinnverzichtsklausel in den Verhaltensregeln für gute Hexen gäbe«, bemerkte Piper. »Und dann gibt es da noch ein kleines Problem.«

»Was für ein Problem?« Es musste doch so etwas wie eine »Gesetzeslücke« geben, die es ihnen erlaubte, Pipers Wachstumsbeschleuniger zu vermarkten, davon war Paige überzeugt.

»Ich kriege die Mischung nicht mehr hin.« Piper zuckte mit den Schultern. »Ich habe die erste Portion für diese Tomatenpflanzen verbraucht und dann neuen Dünger angesetzt, aber bei keinem meiner fünf Versuche ist noch mal so ein Supergemüse rausgekommen.«

»Anscheinend handelt es sich bei dem Zauberbohnentrick um eine einmalige Angelegenheit.« Phoebe nahm einen Schluck von ihrem Eistee.

»Es klappt zwei Mal, wenn man dem Märchen glauben darf«, bemerkte Piper.

»Also, das ist wirklich schade.« Kopfschüttelnd ging Paige zu dem Stuhl neben Phoebe und setzte sich. Die Plastikbox, in der die Tüten mit der Mischung aus Torf und Dünger standen, die Piper für die Blumen verwendete, benutzte sie als Fußstütze.

»Wie ist es mit Todd gelaufen?«, fragte Phoebe.

»Großartig!« Paige dachte nicht länger über verpasste Business-Chancen nach und beugte sich vor. »Sein Vater ist ein richtiger Schatz. Wenn Kari versucht hätte, Brian Jamieson zu finden, als sie schwanger war, dann wäre sie vermutlich immer noch am Leben und glücklich mit ihm verheiratet.«

»Wenigstens hast du ihn jetzt gefunden.« Piper nahm sich ein Körbchen und begann, die reifsten der Tomaten zu pflücken.

»Ja, und seine neue Frau ist ebenfalls ein Juwel«, fügte Phoebe hinzu.

»Es ist wirklich kaum zu glauben!« Paige war immer noch erstaunt darüber, wie viel Glück sie beim Aufspüren von

Brian und Kelly Jamieson gehabt hatte. Nach acht Ehejahren hatte sich das kinderlose Paar vor sechs Monaten für eine Adoption entschieden. Paige war in der Datenbank der Bezirksverwaltung auf ihren Antrag gestoßen. Brian hatte nichts von seinem Sohn gewusst, und als er von ihm erfuhr, hatten er und seine wunderbare Frau sofort Türen und Herzen für Todd geöffnet.

»Sie sind jetzt eine große glückliche Familie«, sagte Paige und hob prostend ihre Sodadose.

»Die Katze inklusive?« Phoebe machte eine verhaltenene Bewegung, als befürchte sie schlechte Nachrichten.

An dem Tag, als sie Todd vor Scar gerettet hatten, hatte sich der Junge in den Kopf gesetzt, die herrenlose Katze zu behalten. Und nach allem, was er durchgemacht hatte, hatte es niemand übers Herz bringen können, ihm Hadie wegzunehmen.

»Ich war ziemlich sicher, dass Todds neue Eltern mit der Katze einverstanden sein würden«, sagte Paige.

Phoebe stieß mit ihr an. »Auf das gelungene Happy End! Und auf viele weitere.«

»Ganz meine Meinung.« Piper hielt eine Tomate hoch und biss kräftig hinein.

»Und darauf, dass meine Visionen sehr, sehr lange nebelfrei bleiben.« Phoebe schauderte. »Das Dunst-und-Stein-Phänomen ist viel zu nervenaufreibend!«

Mit einem Gefühl äußersten Wohlbefindens lehnte sich Paige zurück. Sie würde auch weiterhin mit Besorgnis an die *Wächter der Finsternis* denken, aber ihre tief sitzende Furcht war besiegt. Die Jäger der *Wächter des Lichts* waren eben nur eine Unterweltgefahr von vielen, denen sie sich als Teil der *Zauberhaften* stellen musste.

Todd würde es letztlich gelingen, seine inneren Dämonen zur Strecke zu bringen. Und obwohl er von seinem neuen Zuhause noch nicht ganz so begeistert war wie seine Eltern von ihm, war Paige davon überzeugt, dass er sich schon bald eingewöhnen und gut entwickeln würde. Sie sah ihre

Schwestern liebevoll an. Schließlich wusste niemand besser als sie, wie stark und dauerhaft Blutsbande waren.

Eine richtige Familie ist eben durch nichts zu ersetzen, dachte Paige. Auch wenn es manchmal eine Weile dauert, bis man sie findet …

Neue Abenteuer der Zauberhaften!
Die Charmed-Bibliothek, Bd. 17–20

ISBN 3-8025-2949-9
Das Drachenschwert

ISBN 3-8025-2950-2
Date mit dem Tod

ISBN 3-8025-2992-8
Phoebe und Cole –
Gesichter der Liebe

ISBN 3-8025-2993-6
Die Saat des Bösen

Egmont vgs verlagsgesellschaft, Köln

www.vgs.de

Die Zauberhaften hexen weiter …
Die Charmed-Bibliothek, Bd. 9–12

ISBN 3-8025-2862-X
Ein verhängnisvoller Wunsch

ISBN 3-8025-2861-1
Kampf gegen die Götter

ISBN 3-8025-2903-0
Die Macht der Drei

ISBN 3-8025-2902-2
Wolfsseele

Egmont vgs verlagsgesellschaft, Köln

www.vgs.de

Die Macht der Drei!
Die Charmed-Bibliothek, Bd. 5-8

ISBN 3-8025-2751-8
Blutmond

ISBN 3-8025-2792-5
Der Geist mit der Maske

ISBN 3-8025-2817-4
Zirkuszauber

ISBN 3-8025-2818-2
Merlins Erbe

Egmont vgs verlagsgesellschaft, Köln

www.vgs.de